ちくま文庫

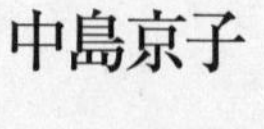

大人のアリスと三月兎のお茶会

中島京子

筑摩書房

【パスティス／パスティーシュ】

アブサンの製造が禁じられた時代、代用品として作られたアニスのお酒「パスティス」と、先行作品の模倣を意味する「パスティーシュ」は、ともにフランス語で、俗ラテン語の pasticius を語源に持つそうです。じつはスパゲティなどの「パスタ」の語源も同じ。もとを辿ると「ごたまぜ」というような意味に行きつくとか。

これからはじまるのは、まさに模倣だったりパロディだったり珍解釈だったりするごたまぜ世界の作品たちですが、夜更けに傾ける一杯のパスティスのように、みなさまを酔わせるなにかでもありますように。

【目次】

I 男と女

2 ディストピア

3 ライターズ・ワールド

パスティス

大人のアリスと三月兎のお茶会

イラスト　西岡千晶（西岡兄妹）

I

男と女

満願

九〇年代の初めごろだから、もう、ずいぶん昔の話になる。

　そもそも彼がその旅に出たのは、ラホールに住むパキスタン人がしきりに訪ねてこいと言ってきたからで、その男、アジム・カーンとは一年前に関西空港の建設現場で知り合った。小説家になりたいのだという夢を、こっそりこの異国の友人にだけ話していたのだが、来いよ、旅をしたほうがいいものが書ける、とアジムに言われて、そのころ若い男がよくそうしたように、バックパックに少しの着換えと地図だけ入れて、後先のことなど何も考えずに出かけた。

　ラワルピンディーにある国際空港に出迎えてくれたアジムは、ジーンズにTシャツではなく、あの、長袖シャツがワンピースに化けたような、カミーズと呼ばれる白い伝統服を着ていて、一年前には剃りあげていた髭を蓄えていた。けれども相変わらず濃い眉の下の大きな目を悪戯するように輝かせて、よく来たな、と笑った。

ラホールへは四時間半の鉄道の旅になる。都市部を離れると水田やトウモロコシ畑が広がり、牛がのんびり歩くのも見えた。列車がかつてはムガール帝国の首都だったラホールに到着した。駅は赤い壁に複数の時計塔をつけた建物だった。

夕刻になり、町に灯りがともりはじめると、アジムは急かすようにして彼をリクシャーに乗せた。通りには、絵やウルドゥー文字が極彩色で塗りたてられたバスが行き交っていた。バードシャーヒー・モスクの裏手にある猥雑な路地へと向かう途中、バザールの近くでリクシャーは止まり、アジムにうながされるまま、狭い路地にひしめく店の脇をすり抜けた。いい匂いをさせる果物を売る店と、すり鉢型の籠に盛られた色とりどりのスパイスを見た。暮れていく古都の石畳を照らす灯りが、町の風景をゆらめかせる。

細い路地の石畳の両脇には、幾何学模様が細工されたドアをつけた建物が立ちならび、窓には透明なものと緑色をしたガラスが交互に嵌められ、入り口に日よけの大きなパラソルが房をつけて立っていて、蜂蜜のような色合いの灯りが下がっていた。ある建物のドアを開けたアジムが、入れよ、と言いたげに顎をしゃくった。彼はバックパックを体の前で抱えて、奥の狭い階段を一段一段、転ばないように上った。

二階にはテーブルが並び、そのまた上にはテラスのある屋上があって、日が落ちたばかりの濃紺の空に、控えめにライトアップされたバードシャーヒー・モスクの輪郭が浮かび上がった。さあ、そろそろ下で、飯を食おうよ、とアジムが言った。何事だろうといぶかりながらついてきた彼にも、そこが食堂だということがやっとわかった。

タブラの刻むリズムの強い音楽がかかり、店中がスパイスの匂いに満ちていた。アジムの頼んだ料理が運ばれてきた。新鮮な野菜を刻んでオリーブオイルと塩をからめたクチョメルと呼ばれるサラダ、チーズのたっぷり入ったナン、赤い色をしたケバブ、カミーサーという牛肉のスパイス煮、ダール豆の煮込。旨みの濃いヨーグルトソースを、アジムはたっぷりとかけてくれる。

久しぶりに会った友達と、異国の旨い物を食べているのに気をよくして、酒があればもっといいのにと冗談のつもりで言ってみると、アジムは少し気負うような顔をして、日本語で、アル、と言い、彼を店に一人きりにしてどこかへ行ってしまった。

女性の歌手の、こぶしの効いた歌声が流れていた。店の中は男ばかりで、誰もがカミーズを着て、先の細くなった布のズボンを穿いていた。季節は夏だったから、日が落ちてようやく涼しくなった町を楽しむように、男たちは大きな声で話し、大げさに身振り手振りを交え、愉快そうに笑った。

そのうち酒などどうでもよくなり、アジムが戻らないのが心配になってきて、階下から声がしたように思って慌てて狭い階段のところまで行ってみると、それこそ酒でも飲んで酔っていたかのようにバランスを崩して、彼はその階段を転がり落ちた。店の男も客たちも総出で心配し、手ぶらで戻ってきたアジムに抱き起こされて、彼は病院に担ぎ込まれた。

たいした怪我じゃなくてよかったよ、二週間もすれば退院して飛行機に乗れるさ、と若い医師は慰めた。たしかに滞在予定のほとんどを、病院で過ごすことになったようだった。足首の骨折をボルトで繋がなければならなかった。アメリカで教育を受けたというその医師はインテリで、彼と映画や音楽の話をしたがった。

新市街の病院は小さいが清潔で、同じ部屋にはあと三人、外科手術を終えたばかりの男たちがいた。そこには極彩色のバスも果物売りもやってこなかった。町の喧騒とは隔絶された、静かな場所だった。幸い彼のベッドは窓際だったから、門から治療棟へ向かうスロープと、その脇に植え込まれた黄色い向日葵(ひまわり)の花をゆっくり眺めることができた。

包帯を替えに来るのは、これも若い看護師の男で、スロープを上ってくるスカーフ

の女を認めると、いかにも若い男らしい無遠慮な態度で、包帯を巻く手を止めて、女を見つめるのだった。四日に一度、決まってやってくるその女は、顔も体も覆っていたけれどもたしかにどこか目を引くところがあって、向かいのベッドの男も、奥の男たちも、その女が来ると目を上げて、揺れる向日葵の遠くを見た。

結婚してるんだ、と看護師は訛りの強い英語で言った。

夫のために薬を取りに来る、と。

夫はダ・ベ、と看護師は言ったが、それがどうも病名らしいとわかっても、彼にはなんの病なのか最初はわからなかった。NGOが一度に提供する薬の量が限られているので、何度も取りに来なければならないらしい。薬って？と訊くとインスリンという答えが返ってきたから、ダ・ベ、が、ダイアベティック、糖尿病だということがわかった。日本では贅沢病のように思われる病気も、遺伝や摂取食物の偏りによって途上国の多くの人を蝕む病だと、そのとき彼は知った。

同室の男たちはみな退屈していて、見舞客もほとんどいなかった。一度アジムがトランプを持ってやってきたのでポーカーをしたが、四人がベッドに座っているか寝ているかしていて、アジム一人が動き回ってみんなに札を配ったりめくったりしてやっていたので、最後にはわけがわからなくなり、わざとアジムが日本人を勝たせたと口論が始まり、しまいには手が出そうな勢いになって、看護師が走ってきて仲裁したことがあった。

スロープを上って薬を取りに来る女は、彼が入院している間、都合三回現れた。

そのたびに看護師が包帯を巻く手を止める。

女は決まって急くような足取りでやってきて、スカーフで顔を隠して帰っていく。

結婚した当初から、夫はその病気を患っていて、もう何年にもなるのだというようなことを看護師は言った。夫はダ・べだから、と、訛った英語で看護師が言う。できないんだ。同室の男たちはそれを聞くと、いっせいに何か考えるような目になる。

以前読んだ小説に、そんな話があったことを彼は思い出した。

退院の前の日の朝、彼はもう一度、女を見かけた。いつものように、少し速足でスロープを上ってきた若い女は、帰り道、初めて向日葵と同じように顔を太陽に向けていた。綿色のスカーフがふわふわと風になびいて、包まれていた顔が露わになり、笑顔がこぼれるのが見えた。

もうだいじょうぶだと医者が言ったんだ、と、看護師が呟いた。

包帯はほどかれたきりになり、看護師は遠い目つきになった。

同室の男たちは、それぞれ口元に静かな笑みを浮かべて目を落とした。

Mとマットと幼なじみのトゥー

ものすごく前のことだけど、ピクルスが私に言った。

「女人、おん身は真理に嫁せ」って。

もったいぶった口調だったし、男に嫁ぐなって意味なんだから、何言ってんの、このおやじ、としか思わなかったけど、いろいろあったから、私にはもうわかってる。

私は、男に嫁ぐんじゃない、真理に、嫁ぐんだって。

ピクルスは、私たちが育った田舎町の寺の坊主で、漬け物を作るのが好きだった。

あのころ私たちはいつも三人でつるんでた。Mとマットと幼なじみのトゥー。

まだ三人がそこらへんの草っぱらを転げまわって遊んでいたころに、Mが眠りこけるマットにキスをしていたのを見た。私はそのとき腹を立てた。だってMとマットと私は、三人いっしょの仲良しで、そのすばらしい均衡を破るものが現れるとしたらそれは女であるトゥー。私が二人の男のうちどちらかを選ぶとき、世界は変わるのだと思っていたから。

マットをその気にさせたのは、私を選ばなかったMへの復讐だった。ほんとうに好きだったのはMだったけど、とにかく私はマットと婚約した。

それなのに、Mときたら、マットを連れて田舎町を出て行った。戦争のあるところならどこへでも行きたい。行って傭兵になって戦うんだ、とか言って。

でも、Mとマットがほんとうにやったのは、傭兵になって戦うことじゃなくて、こそ泥になって働くことだったらしい。戦争が終わってMが田舎町に帰ってきたとき、Mはお尋ね者になってた。マットは帰ってこなかった。

マットから「女ができたから別れる」って手紙が来たけど、ほんとはそんなに悲しくなかった。さようなら、マザコンのマット。べつにあんたなんか好きじゃなかった。

それより私のハートをわしづかみにしたのは、お尋ね者のMだった。

追い詰められてる男って、なんだかものすごくセクシー。

ピクルスがMをつかまえて、木に縛り上げたとき、私の中の何かがスパークした。

好き、好き、好き、好き、好き。私はこの男が好き。

そしていまならこの男を意のままにできると思ったの。だって私以外に、この男を助けられる人間はいないもの。

縛っている綱を切ってやると、Mは私に感謝したけど、だからといって私の自由にはならなかった。Mが私から逃げたのはあのときが最初だ。いや、傭兵になるといって田舎を出て行ったのを数えれば二度目かもしれない。

走り去るMに向かって私は叫んだ。

「百日でも千日でも待ってるからぁ！」って。

そしてほんとうに待った。三年間も。

だってMの馬鹿はすぐに捕まってしまい、塀の向うに行ってしまったからだ。

＊

三年間の服役を終えて娑婆に出てきて、トゥーに捕まったときはびっくりした。おれのことを三年間、マジで待ってたらしい。

「あのとき、私待ってるって言ったじゃない」とトゥーは言う。

「約束したじゃない」って、知らねえよ。

約束っていうのは、二人以上の人間が納得して決めないと。

まあ、こうなることはちょっと予感してた。刑務所に面会に来たピクルスが（男と女のことだ。これから先は知らないよ）と言っていたから。なんだよピクルス、冷たいこと言わないで、おまえからトゥーにおれがその気がないってこと、言ってくれよと言ったんだけど。

「一生、あなたについていく」とトゥーは言った。

「思い直してくれ」と、おれは何度も頼んだ。だいいちおまえ、マットとつき合ってたじゃないかよ。

「マットなんかもうどうでもいい。この世でたった一人の男を見つけたって思ってる」

「マジかよ」

「邪魔にはならないから」

「ていうかなってるし」

「支度してくるから待ってて」

支度ってなんだよ。なんで待つ必要がある？

それでおれは逃げた。

トゥーの名前は、トゥーマッチのトゥーだとおれは思う。

＊

Mはまた私から逃げて行った。

逃げれば追いたくなるのは、生き物の本能だ。

Mがマットを好きだったことは知ってた。だけど、それだけじゃなくて、男の子なしじゃ生きられない性質だったってことは、次にMに会ったときに気づいた。

Mはジョーという少年を連れていた。

ジョーのことは、すごくかわいがってたのに、私の顔を見るとジョーを置いてきぼりにして逃げ出した。

どういうことよ、M。

どこまで私が嫌いなの。

「あんたが走っていってMを呼びもどしてよ、ジョー。さ、早く」

ジョーは怖そうに答えた。

「でもさ、トゥー。あんたの顔、鬼みたいだぜ。なんていうの、能面であるだろう、こう、口が裂けて角が生えたやつ」

般若？　般若なの、私？

私はMが好き。そのことしか考えられない。

でも、そのころピクルスにも言われたんだった、あいつはおまえには捕まらないって。

そう言われれば言われるほど、気持ちが燃え上がってしまう。

＊

ゴジョー・ブリッジでおれを待ってると、Mから手紙が来た。

Mにはずいぶん会っていない。

たしかにおれたちは地元じゃつるんでた。懐かしい気持ちはないわけじゃない。

だけど、おれはMの気持ちには応えられない。

おれは徹頭徹尾ヘテロセクシャルだからだ。

Mがゲイなのは小さいころから知ってた。それでおれたちの友情が変わるわけじゃない。

でも、問題なのは、トゥーがMを好きになっちゃったことだ。

そんなのってないだろう。トゥーはもともと、おれのことが好きだったんだぜ。それを考えると腹が立ってくる。嫉妬？　独占欲？　もっと、なんつーの？　飼い犬に手を嚙まれたって感じ？

正月一日から五日まで、ずっと橋のあたりで待ってるってMは言うけど、会っておれたち、何を話せばいいんだろ。

だけどともかくおれは橋へ行ったね。

よお、とか、言えばいいんじゃないかな。それから笑って、肩を叩いたりして。

そんなことを考えながらぶらぶらしていたら、なんてことだ、おれはトゥーに出くわした。トゥーときたら、Mがおれをここで待つという話をどっかで聞きこんで、ここならMに会えると思っていたらしい。

そんなにMが好きなのかよ、トゥー。

そんなのってないだろう。

おれはむらむらと腹が立ってきた。おれはトゥーを抱きすくめた。腕の中でトゥーはいやいやをしたが、嫌がる女って、それはそれでいいんだよね。

「女ができたから別れるって言ったのそっちじゃない。この五年の間に、私だっていろいろあったのよ」

「そんなこと言わないでやり直そうぜ。Mがおまえに気がないの、わかってんだろ」

「あんたの言うことなんて、絶対信じない。放してよ。Mを追っかけなきゃ」

「本気だぜ、おれ」

「いや。殺されたって、あんたとはいやなの」

＊

いまごろ何言ってるの、マット。

だいたい、あんたなんか好きじゃないのよ。

私はマットを振り切って、Mの後を追った。

だけど、衝撃の事実が待っていた。Mは女連れだったのだ。

「バカじゃねえの」って、マットなら笑うだろう。

「Mが二刀流（バイ）だってこと、知らないやつ、いないよ」

でも私は知らなかったのだ。女はダメなんだと思い込んでた。

ところがMときたら、ゴジョー・ブリッジで女と会ってただけではなく、それからしばらくしてプロの女にもはまった。ヨシノとかいう名前だ。

プロにつぎこむ金なんか、あんたのどこにあるのよ！

許せない、Mってば。女なら誰でもいいみたいじゃない。私以外の女なら。じゃなくて、私以外なら男でも女でもなんでもいいみたいじゃない。何なのそれ。むかつく。

こうなったらもう意地だね。死んでもあの人を私のものにする。

私はこのころから摂食障害になり、みるみる痩せこけて行った。

死んじゃう、死んじゃう。Mに会えないなら、死んじゃう。これは絶対、脅しとかじゃないから。私、本気だから。

でもやっぱり、死なない。Mに会うまでは死なない。

私がそんなことばっかり言うから、ジョーが心配してMを連れてきた。

久しぶりに会うMは、ちょっと違って見えた。すごく、かっこよくなってる。求道者って感じだ。

「トゥー、おれ、これから男と男の勝負に行くんだ。死ぬかもしれない。おまえのこと、嫌いじゃないけど、男同士の真剣勝負のこと考えると、トゥーのことは頭からぽーんと消えちまうんだ」

「知ってる。知ってるけど、それでもMが好きなの」

「はっきり言っちゃうと、男のこと考えてるときって、おまえは、おれの中で濃度ゼロなんだよね。ていうか、おれ、今度は死んじゃうかもしれないんだ。それくらい真剣勝負なんだ。だからおれのことは忘れてよ」

「Mが死ぬなら、トゥーも死ぬ。てかもう、死にかけてんの」

私はガリガリに痩せた手をMに伸ばした。

「お願い、M。結婚するって言って！」

それでMがどうしたと思う？

逃げたのよ、また。あいつ。

＊

おれもしつこいとは思うけど、トゥーはもともとおれの女なわけでしょ。MもMだよ。基本、男専門でしょ、あの人は。それを「二刀流の多敵の構え」とか調子こいてるから、トゥーもあきらめきれないんじゃないの。わかってんのかよ、そこ。

だからおれは追ったね。待ち伏せたね。

「なんであんたがここにいるの？　私が待ってたのは、Mなんだからね」

そう言われて、おれはキレた。

縛る？　殴る？　髪の毛つかんで引きずる？

って、暴力かよ！　いけませんね、暴力は。

なんて考える理性は、ぶっとんじゃったね。

言っとくけど、おれのほうがMより女にはモテるよ。若いのから年増まで、年齢制限なしだよ。トゥーだけですよ、Mのほうがいいとか言っちゃってんの。ふてぶてしい。なんなのよ。ぶっても言うこと聞かないし。

それでおれは噛んだの。ガブって、トゥーの腕をね、ガブって。

「痛！　なにすんのよ！」

「マーキングだ、マーキング。おれのもんだって印をつけたんだよ」

＊

おれは一人旅を続けた。

宿敵・コジローにも出会った。男同士の真剣勝負はまだまだ続く。

そんな中で思い出すのは、幼かったジョーのこと。あいつはほんとにかわいかったな。

おれ、あらゆる生物の中で、いちばん好きなのは「少年」かもしれない。ジョーのことを考えると、おれの殺伐とした人生にほんのり暖かい火が灯るみたいな気がする。

しかし、いまジョーはトゥーといっしょにいるから、うっかり近づいてトゥーに出くわすわけにはいかない。すまない、ジョー。元気でいてくれ。

それでおれは、かわりにイオリを拾った。

イオリはちょうどあのかわいかったジョーくらいの年で、負けん気が強いところもちょっとジョーに似ている。

少年たちとのなごやかな日々。そしてときどき、ビッグイベントとしての大人の男同士のぶつかりあい。

これがおれの人生に、いいリズムを作ってるよ。

ある日イオリが、ひょんなことからジョーに出会ったと言う。

ジョーときたら、いつのまにかマットといっしょに、ちんぴらの仲間入りをしていたらしい。悪かったよ、ジョー。おれがついていればそんなことはさせなかったのに。

でもまあイオリの話では、坊主のピクルスがジョーもマットもまとめて面倒見てるらしいから、まかせることにしたよ。ピクルスは不良少年を更生させるの、うまいからね。おれのときも、ちょっとキツかったけど、あいつのおかげでまともになれた。

そのことはおれも、感謝してる。

トゥーのことも、ピクルスが病院かなんかに入れて、気にかけてやってるって話だ。

幼なじみのトゥーのことは、おれだって少しは心配してる。人としてね。

早く病気を治して、普通になってくれと願うばかりだ。

＊

あれから何年の月日が流れただろう。

ずっとずっと、私はMに会いたかった。そして会えなかった。

死んだも同然の日々だったけど、生き延びてよかったと思うこともある。

私たち三人の中で、いちばん変わったのはマットだ。

マットはどこかの大きな屋敷に強盗に入り、捕まって罰を受けた。それがきっかけになって改心して、いまじゃすっかりいい人になってる。

私のところにも訪ねてきて、二度と追い回したりしないと言ってくれた。

「悪かったな、トゥー。嫌な思いをさせちまって。Mがおまえの気持ちを受け入れてくれるといいけどな。おれからもあいつに話しとくよ」

頭を丸めたマットはこんなことも言った。

「あのころ、よかったな。田舎町で、犬の子みたいに三人で駆け回ってたころ。誰が誰をどうとかってことがなくてさ、みんないっしょくたで、仲良しで」

もうずいぶん遠い昔のことだ。あんな日は二度と戻らない。

あのころ、ピクルスが私に言った。

「女人、おん身は真理に嫁せ」って。

なんであんなことを言ったんだろう。あのころにもう、ピクルスにはなにもかもわかっていたんだろうか。

いまはもう、私にもわかってる。

私は、男に嫁ぐんじゃない、真理に、嫁ぐんだって。

Mがコジローと真剣勝負をするって、それは大きな噂になってた。

勝負の島に向かう小舟のつく岸に行けば、Mに会えると人づてに聞いた。

もう立つ力もないくらいだったのに、私はMに会いに行った。

ねえ、お願い、M。もう逃げないで。私、わかってるの。

あなたと結婚するんじゃない、私、真理と結婚するんだわ。

怖がらないで、私の目を見て。私に触って。

「トゥー」と、あの人は私を呼んだ。

「からだが快くないようだが……。どんなだな」って、なんだか年寄りみたいな口調で。

「早く直して、幸せになれよ、トゥー」と、あの人は言った。

「待って、M。お願い。一言でいいの。結婚するって、言って」

真理に嫁ぐの。私は真理に嫁ぐのよ――。

そうしてあの人は舟に乗って行ってしまった。

私の頭はぐらりぐらりと揺れて、なんだか体ごと、彼の行ってしまった沖の方の深い海に引きずり込まれていく感じがした。

波にまかせて、泳ぎ上手に、雑魚は歌い雑魚は踊る。

でもね、誰がわかるっていうのよ。

三百メートルも潜った深海の水の心を。

水の深さを。

夢一夜

こんな夢を見た。

自分は自動車に女を一人乗せている。たしかに女である。ただ不思議なことにはいつのまにか助手席の椅子の背を倒して、長い髪を枕に敷いて寝ている。

「蕎麦屋へ行きましょう」

と、女は判然（はっきり）云った。

自分は、まだ食うかねと訊ねた。女は自動車に乗る前に街道筋の鰻屋で蒲焼をよばれたのである。よばれていながら、まだ蕎麦を食いたいと云う。

「食べますとも」

女は云いながら大きな潤いのある瞳で一心に自分を見た。

「海沿いをまっすぐ行って左へ入って、三本目の筋をまた左へ曲がって、そうして突き当りを右に曲がって四軒目の角に、ずいぶん古い蕎麦屋があるんですから。おいしいんですから、そこへ行きましょう」

自分は答えずに首肯（うなず）いて運転席と助手席のちょうど間の正面にはめ込まれている電子地図に住所を入れて蕎麦屋への往路を検索した。

女の云ったとおり、海沿いをまっすぐ行って左へ入って三本目の筋か何かをまた左へ入るような行き方であった。その先のことはわからなかった。

女は蕎麦屋へ行かれさえすればよいと見えて、すうすうと寝息を立てて寝始めた。

自分は大変心細くなった。海沿いは一本道で迷いがないが、どこまで行っても海である。車は何台も並んで連なっていて、なかなか進まない。際限もなく連なるように感ぜられる。すこぶるのろく進んで、進んだかと思えば止まる。隣で女は寝ている。いつ蕎麦屋へ辿り着ける事かわからない。

長い時間をかけて車は海沿いをまっすぐ進み、二岐に分れた路に出た。自分は電子地図の中の赤い線が教えるとおりに左へ入った。

入ってから俄然、おかしくなった。その道には一台も車がいなかったが、かわりに道がどんどん細くなった。目に見えてその道幅を狭めて行った。こんなところはとても通られまいというほどに細くなった。けれども電子地図は目の前の道の細くくびれていく事にはまるで頓着していない様子であった。悠然と広い道を進むが如く電子口調で命令した。

「ヒダリニ、マガリマス」

自分は吃驚(びっくり)して制動用の踏板を足の裏で押した。

「ココヲ、マガリマス」

電子地図は女みたような電子信号みたような不審な声で、また命令した。曲がれと云われてもそこはたいへん細い路地で、右へも左へも曲がったら最後、自動車にかすり傷が残らずには通り切れまいというような場所であった。自分は焦った。焦って呆然とした。

「ココヲ、マガリマス」

再度、電子地図が焦燥した声を出した。自分はとうとう曲がる事に決心した。把手(ハンドル)を左に切った。細い路地を、身を細めるようにして少し曲がり、曲がっては止まり、把手を右に切ってほんの少し後ろに下がり、そうしてもう一度左に切り、こんどは先よりは少しだけ多く曲がり、ようやく路地を曲がり切った。自分は大変心細かった。こんな車を運転しているよりいっそ女を置いて降りて逃げてしまおうかと思った。女はあいかわらずすうすう寝息を立てて寝ている。蕎麦屋に着くまでは起きぬつもりでいるらしい。車に乗っている事さえ忘れているようであった。

　急に何もかもが厭になった。心の底から蕎麦屋へなど行く事にしなければよかったと思った。自分の腹は蒲焼でじゅうぶん満ち足りた。けれども、もう遅い。厭でも応でも路地を行かなければならない。もはや後戻りもできない。道はますます細くなった。

「ミギへ、マガリマス」

　電子地図がまた命令を発した。自分は狼狽(うろた)えて制動板(ブレーキ)を強く踏みつけた。

　隣で寝ていた女が目を瞑(つむ)ったまま涙を流した。この女を見た時に、悲しいのは自分ばかりではないのだと気がついた。

「ココヲ、マガリマス」

　電子地図は非情の命令を下した。自分は命令に背いてまっすぐの道を選ぼうと考えた。けれども目の前の道は来た道よりさらに細かった。右へ曲がるよりほかに手段はなかった。自分は慎重に把手を切った。切って少し進み、止まって逆へ把手を切り、恐る恐る下がり、また右へ切って進んだ。

「モクテキチニ、ツキマシタ」

　電子地図は云った。女が目を覚ました。

「目的地といったって、ここには蕎麦屋がないじゃありませんか」

自分は黙って把手(ハンドル)を何度も切り返した。そうしてようやく右へ曲がった。はたして蕎麦屋は出現しなかった。ただ行く手を阻む大きな樫の木が両手をひろげていた。

自分は少し怖くなった。蕎麦屋などもうどうでもいい。ただもう帰りたくて仕方なくなった。けれども、自動車はもう前には進めない。かといって後ろに行くのは難しい。自分は躊躇した。

「ふふん」

と女が横で笑った。何を笑うんだ、と自分は聞いた。女は返事をしなかった。ただ、

「もういいじゃありませんか。蕎麦なんか食べなくたって蒲焼を食べればじゅうぶんです」

とだけ云った。それならなぜ最初からそう云わないのかと、自分は言葉に出さなかった。車はもう行くところまで行っていた。前に進むことができないなら、後ろに下がるしかないと思われた。

自分は把手(ハンドル)を左に切りながら車を下げた。がりがりと鉄が石を擦(こす)る厭な音がした。どこか運転席から見て死角にあたるべきところに大きな石の塊かなにかがあって、それが車体の一部を擦ったと思われた。気が滅入った。修理にかかる金を思った。自分

にはその金を出すのは惜しい。しかし、こう大きな傷がついたままでは、車の運転がすこぶる下手だと他人に見られるのも悔しい。

女と二人で車を降りた。車の左側の腹には巨大な鷲が大きな爪でひき掻いたような傷がついていた。

もう車に乗るのは厭になったので歩くことにした。女は黒繻子の半襟のかかった素袷で、自分の前を歩いて行く。その歩いている足に草履がない。自分の足にも履物がない。

それで狭い路地を裸足で抜けてなんとか店のある通りまで出て、履物を買うことにした。

靴屋の敷居を跨いだら、白髪頭を丸髷に結った婆さんが出てきて、いらっしゃいと云った。顔が赤くて皺のよったところが梅干しに似ていた。それで御辞儀をして、どうも何とかですと云ったが、ついに何とかのところが聞こえずじまいだった。

二間間口に三坪ほどの店は、婆さんが座る場所の他は履物が置かれていた。棚といわず三和土といわず並んでいるが、どれ一つといって普通の物はなかった。踵が三寸もあるような西洋靴に兎の毛皮が巻かれていたり、梅や藤や蜜柑のような色とりどりの合皮が張り合わされた運動靴があったり、下駄といっても一本歯の高下駄だったりした。

自分は窮屈な気持ちになった。裸足で外を歩くのはみっともない。けれども踵が三寸もあるような西洋靴に兎を巻いたものを履いて歩く気にはなれない。

女はそれでも自分に一足の白い靴を選んで素足に履いた。そうして静かな調子で云った。

「これを履いて右足を前に出すでしょう。それから左足を出すでしょう。それからまた右足を出すでしょう。そうして左足を出すでしょう。――そうして歩いて行くうちに、――あなた、どこかへ辿りつけるでしょうか」

自分は黙って首肯(うなず)いた。そしてまた店の棚に目をやった。

女は素袷に西洋靴を合わせてまるで頓着していない。けれども自分は洋服に高下駄を合わすのは厭だと思った。一本歯の高下駄は尚更である。自分は婆さんの座る椅子の後ろから黒い革靴を手に取った。

眺めても、眺めても、靴は自分の寸法よりだいぶん大きく感じられた。形や装飾が普通でないばかりか、寸法も普通ではなかった。

「十六文からですよ」

愛想なく婆さんが云った。

自分の靴の文数は十一文半であった。十六文という文数は昔、格闘技を行う馬場という名の巨漢の文数と云われたものであったはずだ。十六文の靴を履く者が婆さんの店に多く来るとは思われなかった。しかし店には巨大な靴ばかりがあった。

「あなただって男の人なんだから、履いて履けないものでもないでしょう」

と、女が嘲(あざけ)るように云った。

自分は答えずに十六文の黒い革靴を買った。足を入れて動かすとぷうと靴から空気が漏れた。何だ靴のくせに。

自分は巨大な靴が足から外れないようにつま先に力を込めた。そうしておいて右足を前に出した。次に引きずるようにして左足を出した。女の云うとおりに右足を出したり左足を出したりした。身体は何とか前へ進んだ。こうして左右の足を前に進めさえすれば、どこかへ辿りつけぬとも限らない。自分はまた足を出した。ふくらはぎが攣(つ)りそうになった。

自分はこういう風に一歩二歩と歩いて行くうちに、何度靴を脱ぎそうになったかわからない。それでも我慢してのそりと歩いた。むこう脛(ずね)も攣りそうになった。足の甲が痛くなってきた。身体中の筋肉が強張って、悲鳴を上げだした。

そうしているうちに雪が降った。降ってその美しい幾何学的な結晶を、かろく土の上へ載せた。長い間大空を落ちていても、角が取れることもなく、丸くもならぬものもあると見えた。自分は舌を突き出して、空から降る雪をその上に載せた。冷たかった。雪はまたたくまに溶けてしまった。気が付くと一面に雪が積もっていた。

女はずいぶん前を歩いていた。素袷に白い西洋靴の見慣れぬ姿で、ずっと前を歩いて行く。自分は右足を前に出そうと思って、靴ごと雪に埋もれたことを知った。

辺りは一面の雪景色になった。建物も木も白く埋もれた。自分は買ったばかりの靴を脱いだ。足の先が凍えそうになった。

するとどこからか爺さんが出てきた。おぶってやるから背中へ乗れと云う。自分は黙って下を向いた。そうして見る自分の足が十一文半よりさらに縮んで九文もないことに気づいた。九文といえば、子供の文数である。子供ならおぶわれても仕方がない。

自分は爺さんの背におぶさった。

どこへ行くのかと爺さんに聞くと、

「おれの家だよ」

と爺さんは答えた。

家はどこかね、と自分は聞いた。爺さんは雪の中に白い息を吐いて、

「臍（へそ）の奥だよ」

と云った。

爺さんが自分をおぶったまま、踊りだした。棗色(なつめいろ)の股引を穿いて、棗色の袖無しを着ている。足袋(たび)だけが紅い。そうしてその足袋の先に短くて幅の広い雪板を履いている。

自分は心細くなった。爺さんの背にしがみついた。雪は積もって左右に山を成している。爺さんは勢いをつけて右側の山に雪板で登り、そのまま滑り降りた勢いで左側の山に滑り登り、空中に身体を放った。宙の上で一回転した。そうして空の上で何遍も舞った。怖そうにも見えた。面白そうにもあった。

ただ、爺さんの背にしがみつく自分は大変不安であった。まっさかさまに落ちるのではないかと思った。爺さんは破顔した。

「こうしないと雪の中を追いつかないじゃあないか」

爺さんは雪を蹴り、雪に舞いして、だんだん先を行く女に追いついた。その間に唐(から)紅(くれない)の天道(てんとう)がのそりと西へ傾いた。そうして海の向うに焼け火箸のような音を立てて沈んだ。女はもう目の前にいた。

「深くなる、夜になる、真直(まっすぐ)になる」

そう云って自分を雪の中に下ろすと、爺さんは雪を蹴っていなくなった。

黒い長い髪をした女が振り返った。

「百年じゃあだめなんです」

思いきった口調で云った。

それじゃあ千年か、万年か、と自分は聞いた。足は元のように成人した男並みに戻っていて、文数は十一文半と思われた。しかし自分にはもはや靴がなかった。

「千年も万年もというのは、あなた、『不如帰（ほととぎす）』の浪子じゃないですか」

女は黒味がちの瞳の長い櫛のような睫毛を不満げに揺らしながら涙を頬へ流した。

私は女に、もう死ぬのかねと訊ねた。

「死にやしませんとも。死なないから困るんじゃありませんか」

それじゃあ死ぬわけじゃなかろうね、と自分が聞くと、女はやはり死ねないんですもの、仕方がないわ、と云った。

「死なないから百年じゃあだめなんです」

女はゆっくりと雪の中に身を横たえた。そこへしんしんと雪が積もった。

それは死んでいるのとは違うんだろうね、と自分は念を押した。

「違います。百万年経ったってようやく手が握れるくらいなんですから。長生きなんですから。あなた、待っていられますか」

雪の中で女がかっと目を見開いた。

「明治のころとは違うんですから」

女は紅い唇を噛んで悔しそうに云った。

自分は取り返しのつかないことをしていた事に気づいた。やってはならない事をしていたという自覚が、忽然として頭の中に起こった。

百万年も死なない女を呼び起こしておいて、自分はもうすぐ死ぬのである。

腐心中

【『舞姫』のモデル、NYに健在】

老エリーゼ・コジンスキー(62)は、ロウアー・イーストサイドの猶太人街の一角にあるカフェーにて、取材に応じた。


あなたが『舞姫』のモデルであることは、間違いないのですね。

――はい、あの物語は、私たちの、若き日の恋を題材にしたものです。私たちは、彼のベルリン留学中に知り合い、恋に落ちましたが、彼は、私より日本国家に尽くすことを選び、妊娠中の私を捨てて、母国に帰ったのです。突然の裏切りに、私は精神の均衡を崩し、結局、子供も失いました。当時は心の底から彼を恨みました。

しかし、あなたはずいぶん時間が経ってから、来日して彼と再会します。『舞姫』の後日談のような、二十年後に発表された『普請中』という短い小説をご存じでしょうか。

――『Under Construction』? 妙な名前の小説ですね。ああ、でも、確かに覚えていますわ。最後に銀座で食事をしたとき、彼はその言葉を使いました。

あなたは明治四十三年に来日し、彼に、「これからアメリカに行く」と語っていますが、その後すぐ、こちらに来たのですか?

――ええ。興行のために来たのですが、居ついてしまいました。あれからすっかりベルリンも変わってしまったらしい。ここ数年は、迫害を逃れて大西洋を越えてくる同胞が後を絶ちません。

二十五年前に訪日した、本当の理由を、お聞かせいただけませんか?

――ウラジオストックで一働きして、カリフォルニアに発つ途中で、寄ったのです。

なぜ、彼と会おうと思ったのですか?

——それは。小説にはなんと書いてありました？

明確には書かれていないのです。時間が経ったとはいえ、あのような別れ方をされた後で、会うのは勇気がいりませんでしたか？　断ち切れない感情があったのでしょうね。小説の中には、あなたが「少しも妬んでは下さらないのね」と彼をなじる場面があります。

——そうですか。小説には、そう書いてあるのですね。

相手は答えずに、「コジンスキーに乾杯」と杯を高く上げ、あなたが無理やり微笑を貼りつかせてこれに応じる、その手が震えていたとあります。しかし、ここの描写は少し奇妙です。冒頭からずっと、小説は「渡辺参事官」の視点で進み、「女」の行動と心理も、ひたすら「参事官」の観察と類推によってのみ語られます。ところが唐突に、わずか数行だけ、直接「女」の視点から内面が描写されるのです。「女は笑談のようにいおうと心に思ったのが、はからずも真面目に声に出たので、くやしいような心持がした。」と。あなたは、あの夜、コジンスキーに嫉妬しない「参事官」に対して、「くやしい心持がした」のですか？

——難しいことは、私にはわかりません。でも、あの一夜のことは覚えています。

聞かせていただけるのですね。

――女は容易なことでは、別れた恋人に会ったりしません。そうするには、たいてい切羽詰まった理由があります。あの日、私はお金を借りに行ったのです。前の日に偶然、銀座で出会った彼と、よもや二人で会おうとは思いませんでしたが、アメリカ行きの資金に困っていたコジンスキーが、いやがる私を説得して出したのでした。精養軒で向き合って食事をしている間、私は何度もお金に困っていることをほのめかしたのに、彼は気づかない振りをして、意味のない話ばかりしました。アメリカではメロンを毎朝食べるとか、日本中が、そう、普請中だとか。あまりひどくはぐらかすものだから、最後に私はこう言ったのです。「あなた少しも援けては下さらないのね。あのときのようには」と。

あのとき？　そうか。ベルリンで、少女だったあなたは、お父さんの葬儀のお金を、彼に借りたのでしたね。初対面にも拘らず、彼は、質に入れるようにと自分の腕時計を外した。『舞姫』の中で、二人が恋に落ちる重要な場面でした。

――その思い出を持ち出したのは、大きな間違いでした。彼はいっそう頑なになったように見えました。妬んでいるかどうかなど、聞くまでもありません。

昔の恋人が尾羽打枯らして頼ってきたら、援けない男などいない。それをしないとしたら、理由はたった一つです。「コジンスキーの健康を祝して」と、凝り固まったような微笑を顔に見せて、シャンパニエの杯を上げた彼の手に、人に知れぬ程の小刻みな震えがあったのを、私はいまでも覚えているのです。

こう語ると、エリーゼ・コジンスキーは、深い皺を刻んだ頰に、遠い日を思い出す静かな笑みを浮かべた。

(在米日系コミュニティ発行のタブロイド紙「フジヤマ・タイムズ」1935年6月20日の記事より)

カレー失踪事件

三日前の金曜日の朝、わたしが家を出るとき、夫はそこにいた。

「帰ってきたらびっくりさせてやる」

と、夫は言った。

その前の日に、週ごとに宅配してくれる自然食品店から、太い牛スジが届いていて、それは夫がどうしても欲しいと言って注文したものだったから、わたしは「びっくり」の内容をもちろん知っていた。夫は玄関先で自慢げに笑った。

出張先は九州の南端の海辺の町だった。わたしは食品メーカーの開発部に勤務していて、その町では、仕事に関連した学会が開かれていた。

夜十時ごろに、わたしは必ず夫に電話をかけた。

一日目の夜、夫は牛スジの下処理をしていた。長ネギといっしょにざっくりと茹でて、脂肪を丁寧に取り除いて水でよく洗うという作業を二回も繰り返してから、日本酒と焼酎を入れた湯で三時間以上煮込んだのだそうだ。

「玉ネギを炒めるのは根気がいるね」

二日目の夜の電話は、そんなふうに始まった。

「とにかく弱火でじっくりが基本だから、結局それだけで四〇分くらいかかったんじゃないかな。ニンジンは大きめにしたよ。煮崩れると嫌だから、面取りもして。ジャガイモは別茹でして明日加えるつもりなの。ルーは市販のを三種類まぜた。いやもうね、この段階で涙が出るくらい旨い。でも、まだまだ行くよ。明日が本番だからね」

帰宅したのは日曜日の午後五時過ぎだった。

インターホンを押しても、夫は出てこなかった。少し不思議に思って自分でオートロックを解除し、エレベーターに乗り、自宅マンションのドアを開けたが、夫はいなかった。たしかにカレーの匂いは漂っていたと思う。

けれども夫はいなかった。台所には洗い物の山ができていた。そして奇妙なことに、カレーがなかった。たしかにカレーを入れていたと思われる鍋が、シンクに投げ出されていた。夫が、カレーとともに失踪していた。

わたしは携帯電話を手にとり、夫に連絡を取ろうとした。ダイニングテーブルの上で、コール音が聞こえた。夫は携帯を置いて出たのだ。

三時間ほど家で待ち、夫がいなくなった理由を考え続けた。義母に電話をかけてみたが、義理の両親は二人とも元気で、それに何も知らなかった。不安にさせても気の毒だから、義母に夫の行方がわからないことは言わなかった。

夫の携帯電話を取り上げた。メールにはロック機能がかかっていなかった。何度かためらった後に、メールボックスを開いた。どうでもいいようなジャンクメールと、出張中のわたしが夫に送った写真、仕事関係のメールなどが入っていた。夫の行き先がわかるようなものもなかったし、あわてて出かける原因になるようなものもなかった。

ただ、わたしはちょっとだけ不安に駆られて、わたし自身が送った写真つきのメールを開いた。海辺のホテルをバックに笑っているわたしが写っている。

どうしてこんな写真を送ったのだろう。

夫の不在の原因は、ひょっとしてこの写真にあるのではないだろうか。

わたしが三日間留守にしたのは、ほんとうは出張ではなかった。

この写真は、わたしの恋人が撮影した。そして出張先の写真だと説明をつけて、アリバイのように送ったのだ。

夫は何か勘付いたのかもしれない。考えてみれば不自然な写真だ。自分以外に学会の参加者が写っているわけでもない。学会が行われると夫に説明したホテルが名前とともに写っているのが、いかにもアリバイのようではないだろうか。

夫はわたしのメールから不実の匂いをかぎ取った。そして不実な妻のために丸二日を使って牛スジカレーを作った自分に腹を立てた。

だからカレーをすべて流しにぶちまけて、そして家を出て行った。

心臓の鼓動が激しく打った。秘密が露見することなど、想像してみたことがなかったのだ。恋人は仕事の関係で知り合った強引な男で、わたしはいつのまにかあの人のペースに巻き込まれ、火遊びを楽しむ感覚に溺れてしまった。

夫は勘付いたのだ。

インターホンが鳴った。わたしはモニターに目をやった。夫の古い友人で、わたしもよく知っている、穂水松緑（ほみずしょうろく）が立っていた。わたしは彼を家に招き入れた。彼も夫がいなくなった理由を知らなかった。その日の朝に夫から電話があり、カレーを食べに来いと誘われたのだそうだ。

「今朝、なの？」

動悸がまた早くなった。穂水氏がうなずくのを見て、わたしは反射的に夫の携帯を開き、メールを確認した。わたしが例の写真つきメールを送ったのは土曜日だったが、その日のうちに夫はそれに笑顔のスタンプを返信していた。日曜の朝に友達をカレーパーティに誘ったなら、失踪の原因はわたしの写真ではなさそうだ。

わたしはソファに座りこんだ。旅行のいきさつが夫に知られたわけではないのだ。

「通話履歴はまだ見てないの？」

穂水松緑が言った。そういえば、メールにばかり気を取られていて、夫の通話履歴をチェックするのを忘れていた。わたしが首を横に振ると、彼はわたしから夫の携帯を取り上げた。

「今朝は誰とも話してないね。僕への電話も家の電話からだな、これは」

そう言うと穂水松緑は玄関にあるファックスつきの電話の傍により、目を細めて、

「カレーがついている」

と言った。わたしは近寄ってみた。たしかに受話器の持ち手のところに一筋カレーらしきものがこびりついていた。穂水松緑は玄関から戻ってきて、台所とリビングダイニングを行き来し、目を瞑り、腕を組み、開き、言った。

「カレーの行方はわかったよ。このケースは、すでに解決したも同然だね。まあ、自

信過剰で失敗するわけには行かないけど」

　そして、わたしが呆気にとられているのを尻目に、バスルームから新品のココット型ホーロー鍋を鍋つかみごと取り出してきたのだった。

「なぜ、バスルームに？　このお鍋は何？」

「初歩的なことだよ！　ベランダに折りたたんだ段ボール箱が置いてあるね。捨てるために紐までかけてあるが、新品だ。あいつのことだ。牛スジカレーを煮込むために新しい鍋を買ったんだよ。それが今朝届いたんだ。そこで古い鍋で作っていたカレーをこの新しい鍋に移した」

　指さされた方角を見ると、たしかにバスルームから出てきた鍋と色違いの写真を印刷した箱が折りたたまれて置いてある。

「ある程度煮込んだ後で、やつは写真を撮ろうと思いついた。テーブルの上に携帯が投げ出してあったのはそのせいだ。あいつは料理写真をいつもあそこで撮ってる。ところが粗忽者のやつは、テーブルに鍋敷を出しておくのを忘れた。ここのダイニングテーブルはアンティークだ。熱い鍋を直に置いたら跡がついてしまう。そこでやつは、ミトンでつかんだ新品の鍋を持ってうろうろした。鍋敷がわりになるものを探してたんだ。そのときに電話がかかってきた」

「電話？」

「携帯にじゃない。家電だ。ここの家の電話は玄関にある。おそらく玄関に近い場所にすでに居たのだろう、やつは愚かしいことに鍋を持ったまま受話器の近くに行ってしまった。そして焦るあまり、玄関に最も近く、熱い鍋を置いても大丈夫な場所を探したんだ。それがバスタブ脇のタイルの上だ」

わたしは絶句した。穂水松緑は鍋を台所に戻し、また玄関に出て行った。わたしはそれについて回った。

「カレーをバスルームに置き忘れ、うちの夫はどこに行っちゃったって言うの？」

穂水松緑は、わたしに黙るように合図し、電話の着信履歴の一番上の番号に発信した。

「慶論堂（けいろんどう）書店神保町店です。当店の営業時間は〜」

若い女性の声のアナウンスが流れた。わたしは時計を見た。夜八時を回っていた。

「行先は慶論堂書店だよ。そしていま、やつはカレーを食っている」

「なんで？」

「あいつのパソコンに新聞広告の切り抜きが貼ってある。松下冬芋（まつしたとうう）の七年ぶりの新作長編。発売日が今日だ。そして松下冬芋の新作は予約しないと手に入らない。慶論堂からの電話は、それが店に入ったってことだ。電話を切ってすぐに家を出た。四時三十分にね」

「だって、わたしは五時に帰ると言っておいたのに」

「これも初歩的なことだ。十七時って言わなかった？　やつは君が七時に帰るから、ディナーは八時ごろからだって言ってた。十七時を七時と間違えたんだよ。四時半に出れば七時に戻れると考えたんだろう。本屋で新刊を受け取った彼は、いつもの癖で喫茶店に入り、コーヒーを飲みながら読み始めた。ほんの少しだけ、と思ってたのに、止められなくなったんだ。そして一時間、二時間と経過して、気がつくと小腹が空いていた」

「そりゃ、空くわ。じゃあ、帰ってくるの？」

「いや。まずいことに慶論堂は神保町にある。やつの足はコレヒドールカレーの蝶英舎へ向かったに違いない」

「だって、家に牛スジカレーがあるのに？」

「推理に臆病は禁物だよ。神保町と本とカレーは、やつの中では切り離せない。本屋街に行くと脳がカレーを食えと指令を出すんだ。それにあいつは朝昼晩カレーでも平気な男だ」

「でも、電話の一本くらい、公衆電話でも探せばいいじゃない」

「本に夢中になったときのあいつを知ってるだろう。あいつをよく知っていれば、あわてて出て行った先が本屋だってことくらい、すぐに察しがつく。ぼくはむしろ君の動揺のほうに興味があるね」

「だって、穂水さんのことも呼んでおいて忘れてるなんて失礼じゃないの」

「しかし、やつのその粗忽につけこんでいるのは君じゃないかな。夫の目はごまかせても、ぼくの目は無理だ」

そう言うと、穂水松緑は夫の携帯電話を手にとり、軽く振ってみせた。

「二人の人間が一緒に暮そうとする前には、お互いの欠点を知っておくほうがいいね」

わたしは何も言わなかった。

「こんなアリバイ工作みたいな写真、ふつうは撮らない。もっと景色のいいところで撮るよ。だいいち、これを撮影したのは誰だろう？」

この言葉を聞いたあと、おそらくは、穂水松緑の顔を睨みつけていただろう。

「ぼくがやつから連絡をもらったのが今朝だと言ったら、君は突然ほっとした顔になってやつの携帯をチェックした。ぼくが通話履歴はまだ見ていないのかと聞いたら、首を横に振った。つまりメールの履歴は既に見ていた、という意味だ。君は夫の携帯メールに送った自分の写真を見て何か連想した。そして不安になった。人は自分にやましいところがあると、つい他人の行動もそれと関連しているのじゃないかと思ってしまう。そういうことはだいたい、推理小説を読むと書いてあるんだけどね」

穂水松緑は、ソファにどっかりと腰を下ろし、優雅に脚を組んだ。

「心配するな。松本冬芋の新作はそんなに長くない。もう読み終わって、焦ってこっちへ向かっているはずだ。そろそろ帰ってくる」

彼が口の端を持ち上げた途端にインターホンが鳴った。

「ごめん、ごめん、ごめん」

と、モニターの中で夫が声を上げた。

「明日になれば、ただの嫌な思い出さ。さあ、カレーを温めようよ」

穂水松緑は、そう言って、わたしの目をじっと見つめた。

ムービースター

ニューヨーク行きの飛行機の中、隣に座った巨漢の老紳士が英語で話しかけてきた。自分は体が大きいから、いつもビジネスクラスを二席予約するのだと言い、肘掛を跳ね上げてどっかり座っていた。お金持ちなのだなと私は思った（ちなみに私は累積したマイレージを使ったアップグレードだった）。

ニューヨークへはお仕事ですか、という質問に、「仕事はとっくにリタイヤしました」と首を振り、

「これでも昔は、ちょっと知られた俳優だったんですよ。六、七十年も前の話ですが」

そう、老紳士は笑った。

「初めて映画に出たのは、十代の半ばでした。そのときに、撮影でニューヨー

クへ行きましてね。幸い、作品もヒットして続編が次々作られたものですから、あれから故郷には帰っていないんです」

本当の話なら、第二次大戦前の映画スターが、隣にいることになる。

「生まれ育ったのは、インド洋上の小さな島でね。映画なんて、見たこともなかった。駆け回って、木の実をもいだり、海に潜って魚を採ったりするのが日常でして。そうして一生を島で終わると思っていたんです。ところが、何が運命を変えるかわかりません。ある日、島に撮影隊が上陸したんです」

キャビンアテンダントが、フライドチキンのファミリーパックみたいな大きな紙コップを両手で抱えて持ってきて、老紳士に手渡した。サンキューと紳士は言った。コップの中身は泡を立てたビールだった。

「彼女は、私の飲む量を知ってるんだよ」

往年の映画スターは、落ち窪んだ眼窩の奥のひとなつこい目を片方つぶり、私にウィンクしてみせた。

「その撮影隊を見て、映画の世界に憧れたんですね？」

「いや、そうではないんです。まさに若気の至りというんでしょう。撮影隊にかわいい女優の卵がいましてね。キューティー・ブロンド」

老紳士は、ぶわっぶわっぶわっと大きな声で笑った。

「罠にはまったと言おうか、一生の不覚ですよ。そのころの私はまだ若くて、なかなかハンサムでもありましたので、映画スタッフが『どうだ、ニューヨークに来ないか』と言う。いわゆる、スカウトですね」

「ダンディでいらっしゃるから」

私は相槌を打った。

「たしかに私には、映画俳優に必要な〝花〟がありましたからね。だからって、たった一人で見知らぬ都会に出て行くなんて、無鉄砲したものです。女ってのは、ときに、人の一生を変えてしまうんですよ」

「彼女と別れたくなくて、ニューヨークへ？」

「その通り！」

「その方、いま、どうされてます？」

興味津々で私が訊くと、老紳士は少し遠い目をした。

「すぐ別れてしまいました。そんなものですよ、初恋なんて」

紳士はさみしそうに微笑んだ。

「私はねえ、ニューヨークへ帰ると必ず行くところがあります。あなたも行かれるといい。エンパイヤ・ステート・ビルです。あそこは、私が初めて彼女とデートした場所なんです。いっしょに夜を過ごし、朝靄の中の大都会を、てっぺんから眺めた。あの美しさは、生涯忘れません。その後、彼女に振られたときは、それこそ摩天楼から突き落とされるような、胸の痛みを感じたものですよ。まさに〝美女、野獣を殺す〟って感じでしたね」

　それだけ言うと、話し疲れたのか老紳士は、手にしたニューズウィーク誌に目を落とした。そして、あまり時間を置かずに、大きな鼾をかいて寝始めた。

　私は耳栓がわりにイヤホンをつけ、リモコンを操作して正面の液晶画面で「Movie」を選択した。一九三〇年代に作られた特撮映画『キング・コング』のリメイク版をやっていた。

　タイトルロールに名前があったから、主演女優がナオミ・ワッツだとわかったが、私は外国人の顔を覚えるのが苦手なので、金髪の女優さんはみな同じに見える。誰かにあれがシャリーズ・セロンだと言われたら、信じるかもしれない。

　画面に、コングが大写しになり、恐竜と巨大ムカデに襲われた危機的状況のナオミ・ワッツに救いの手を差し伸べる。それを見たとたんに、誰かに似ているような気がして、隣の席に目をやったが、老紳士はこちらにこんもりした大きな黒い背中を向けて寝ているばかりだった。

やれやれ。私は頭を振った。女優だけではない。およそムービースターというのは、どこか似たような風貌をしているものらしい。

2　ディストピア

毒蛾

私は昼過ぎに地方出張から帰ったばかりです。

たいへん緊張する出張でした。文科省の視学委員をしているものですから、始終出張ばかりしています。私が行くと、どこの学校もたいへん緊張して迎えてくれるのですが、私のほうがこれほど緊張したのは、初めてのことでした。

私がとある学校へ行くことになったのは、ある事件の調査のためです。ごく、内々の調査になります。実はここだけの話ですが、その学校で、生徒の変死が相次いだのです。そういうことがあると、私たち視学委員は出張せざるを得ないのです。

さて、そうした旅行でありながら、私をもっとも驚かしたのは、学校の事情ではなくて、ある、とても珍しい現象でした。新聞にも盛んに出ていましたが、あの毒蛾です。

あれが実にひどくあの地方に発生したのです。

いちばん烈しかったのは、毬尾（まりお）という町でした。

毬尾は、私が訪ねるべき町の隣の町ですが、到着が夜になったのでこちらで一泊することにしたのです。

ホテルに着いてみると、この暑いのに、窓がすっかり閉めてあるのです。毬尾は、ここからは二、三百キロほど北になりますから、涼しいことは涼しいはずですが、それでも夏だから蒸し暑い。私はホテルのフロント係に、

「窓を開けるか、空調を効かせるか、どちらかしてもらえませんか」

と云ったのです。するとフロント係はワックスでつんつんと尖らせた毛先を一撫（ひとな）でして、

「はい、申し訳ありませんが、当地方には、毒蛾がひどく発生しておりまして、窓を開けることができないばかりか、空調をつけることもできないのです。クーラーの給気口から毒蛾が入ってきてしまいますので。ただいま、扇風機をお貸出しいたします」と云ったのでした。

云われて気づいたというわけでもないのですが、フロント係は鼻にまるで烏天狗（からすてんぐ）のようなマスクをつけ、目にも潜水でもするかのようなおおげさな眼鏡をかけていまし

たから、きっとその毒蛾にやられないようにだろうと、私は思いました。

内線電話はひっきりなしに鳴り響き、フロント係はそれを取り上げては、「すみません」とか「ただいま扇風機をお持ちします」とか「当地方では毒蛾が」とか、同じ説明を繰り返していましたので、ちょっと可哀想になるくらいでした。

こんなところにいてもむしゃくしゃするだけだから、明日の視察に備えて理髪店にでも行こうと私は考えました。頭を短く刈り込んでおくと、視察のときにきちんとした印象を与え、学校でも一目置かれることが多いのです。

ホテルの室(へや)は、みんな扉が開け放してあって、中から扇風機のうなるような音が聞こえ、誰もがぶうぶう文句を云っていました。

「これじゃあホテルに泊まった気がしない。部屋を冷やす方法くらい、考えつかんのか」と、フロントで怒鳴っている肥ったおじいさんもいました。

フロント係に目をやると、困ったように眼鏡の奥の眼をつぶって見せたので、私はすっかり気分がよくなったのです。

毒蛾のことを考えながら町を歩いていると、駅からホテルへ来る途中、なんだか変に見えた景色にも、理由があることがわかりました。

第一に、道端のあちこちに毒蛾の飛来を測るためのモニタリングポストが設置されていること、第二に烏天狗のようなマスクをしたり、潜水夫のような眼鏡をかけて歩く人の多いこと、第三にすっぽりと全身を毒蛾除けのスーツで覆っている人もいることなどです。

私はちょうどいい理髪店を見つけて入ってみました。片面が鏡張りで、店が二倍の広さに見えるようになっており、モンステラやらパキラやらザミオクルカスやら、おしゃれなグリーンインテリアがぞろっと並んでいるのですが、近寄って見るとそれらはすべて光触媒人工観葉植物であることがわかりました。

理髪店の店長はヘアメイク・アーティストで、他にもアーティストが六人もいるのですが、なぜだかみんな髪を切ったり整えたりする以上に、観葉植物に強い関心を持っているようでした。

「これらはみな二酸化チタンによって光触媒加工を施されているのです」

私が鏡の前の白いきれをかけた上等の椅子に座ったとき、店長のアーティストが私に自慢げに云いました。

「へえ」

私は外（ほか）のことを考えながらぼんやり返事をしました。するとそのアーティストは力を込めて私に云うのでした。

「二酸化チタンに紫外線を当てますと、OHラジカルという物質が生じます。このOHラジカルが生じさせる光触媒というものが、空気中の有機物の分子結合を分解するので、有害な物質を無害にすることができるのです」

私のうしろに来て、店長の話を熱心にうなずきながら聞いていた二人のアーティストのうちの一人も、白服の腕を胸に組んで云いました。

「そうですね。消臭、脱臭、抗菌、防汚、その上、有害物質の除去ができるんだから、これはもう、本物の植物なんかより、よほどいいんじゃないかな」

「うん。僕もそう思うね」

もう一人も同意しました。

私は「ぼうお」という聞きなれない言葉が「汚れを防ぐ」という意味だとわかるまでにしばらく時間がかかってしまいましたが、間髪を入れずに私の髪を切っているアーティストが云いました。

「いかがですか。ただいま当店では、光触媒加工の観葉植物を激安で特別ご奉仕中でして。フィカス、シペラス、テーブルヤシのグリーン三点セットが、なんと二九八〇円、二九八〇円のお値打ち価格となっております」

「え、なんですって。私は理髪店に来たと思っていたのですが」

　私は驚いて口ごもりましたが、三人のアーティストはそれぞれ真面目な顔をして首を横に振り、口々に云うのでした。

「この構造不況の時代に、理髪店が髪と髭だけを相手にしていたのでは生き残れません」

「毒蛾騒ぎの只中(ただなか)ですからね。もっとも大切なものは空気です」

「空気をきれいに！」

　そこまで云われれば、私としても納得がいきました。

「そうですね。じゃ、小さなポトスを一鉢いただきましょう」

　私は丁寧に云いました。

　芸術家肌のこの人たちに云われると、家にグリーンの一つもないのが恥ずかしいような気がしてきたからです。

　さて、私の頭はずんずん奇麗になり、気分もよくなりましたので、気持ちよく青い植木鉢や、アーティストの白い指の動くのや、チャキチャキ鳴る鋏の銀の影をながめていました。

　すると私の隣の人が、

「あ、いけない、いけない、とうとうやられた」

とひどく高い声で叫んだのです。

びっくりして私はそっちを見ました。アーティストたちもみな集まってきました。

叫んだ人は、よその町から来た競馬会の会長か、幹事か、技師長か誰かだったようですが、髭を片っ方だけ剃った立派な紳士でした。どうしてその人がよその町から来たことがわかったかと云いますと、実はその人の胸に蹄鉄の形の徽章のついていたのを、さっき私は椅子にかける前ちゃんと見たのです。そして毬尾の町には、以前はともかく、もう今となっては、競馬などという産業はないのです。とにかくその人は、全く怖ろしそうに顔をゆがめていました。

「どこかへさわりましたか」

店長が、みんなを押し分けて隣の客の傍に立ちました。

「ここだよ、ここだよ、早く」

と云いながら紳士は喉のあたりを指しました。

店長は、うしろを振り返って、外のアーティストといっしょに笑いました。

「何だい、笑うなんて」

紳士が叫びました。

「いったい何がさわりました」

と店長が落ち着いて答えました。

「毒蛾がさわったに決まっている。今朝の新聞にあったじゃないか」

紳士は椅子から立ち上がって店長に詰め寄りました。この紳士は桃色のシャツでした。

「どの新聞です」

店長は落ち着いて答えました。

「ヨミウリでもアサヒでも、マイニチ新聞でもなんでも載っているよ。テレビだって、毎日、毒蛾の話題でもちきりじゃないか」

「それは間違いです。この町に飛翔する毒蛾はほんとうに小さいものでして、さわったなどと気づくはずがない。空気といっしょに飲みこんでしまうのが問題なのです」

「あてにならんさ」

「そうですか。とにかく、何かがさわったなら、それはこの町の毒蛾じゃあないです」

店長のアーティストは、少ししゃくにさわったと見えて、プイッとうしろを向いて、鋏を持ったまま向うへ行ってしまいました。そして腹立ちまぎれにこう云ったのです。

「毒蛾なんか、町中到るところにいるんだ。私の店にだけ来たんじゃないんだ。毒蛾についちゃこっちに何の責任もないんだ」

紳士は、渋々、また椅子に座って、

「おい、早くあとをやってしまってくれ」

と云いました。そして、しきりに喉首を気にしながら、残りの半分の髭を剃らせてしまいました。

私の方のアーティストは、しきりに時計を見ました。そして無暗に急ぎました。まるで私の顔などは、二十五秒ぐらいで剃ってしまったのです。剃刀がスキーをやるように滑るのです。その技術には全く感心しましたが、恐かったです。

私は、大理石の洗面器の前に立ちました。

アーティストは、つめたい水でシャアシャアと私の頭を洗いときどきは指で顔も拭いました。

それから、私は、自分で勝手に顔を洗いました。そして、もう一度椅子にこしかけたのです。

その時店長が云いました。

「さあもう一分だぞ。電気のあるうちに大事なところは済ましちまえ。それから蠟燭の仕度はいいか」

「すっかり出来ています」

小さな白い服の子供が云いました。

「持って来い。持って来い。あかりが消えてからじゃ遅いや」

子供の助手は、蠟燭を鏡の前にならべ、マッチで火をつけました。ゆらゆらと、蠟燭は燃えはじめました。その時です。あちこちの工場の笛が一斉に鳴り、子供らは叫び、教会やお寺の鐘まで鳴り出して、それから電燈がすっと消えたのです。電燈のかわりの蠟燭で、あたりがすっかり黄色に変りました。

それから私は、鏡に映っている海の中のような、青い室の黒く透明なガラス戸の向うで、遠い昔の迎え火を偲ばせるような火が燃されているのを見ました。一人のアーティストが、しきりにオガラを焼いていたのです。

「ははあ、毒蛾を殺すのですね」

私はアーティストにこう云いました。

「違いますよ」

アーティストは、私の頭に、瓶から香水をかけながら答えました。

「違うのですか」

「こんなことをしても毒蛾は死にませんよ。毒蛾は何をしたって死なないのです。ただ、こうして電気を消すことによって、私たちは少しだけ、毒蛾に抵抗しているような気持ちになるだけです。毒蛾にとっては痛くも痒くもありません」

それからアーティストは、私の顔をもう一度よく拭って、それから戸口の方をふり向いて、

「さあ、出来たよ。ちょっとみんな見てくれ」

と云いました。アーティストたちは、あるいは戸口に立ち、あるいはたき火のそばまで行って、外の景色をながめていましたが、この時大急ぎでみんな私のうしろに集まりました。そして鏡の中の私の顔を、それはそれは真面目な様子で点検しました。

「いいようだね」

アーティストたちは口ぐちに云いました。私はそこで椅子から立ち、鉢植と理髪の代金を払いました。そしてその大きなガラスの戸口から外の通りに出たのです。

外へ出て見て、私は、全くもう一度、変な気がして、胸騒ぎのやまることがありませんでした。日本の地方都市にならどこでも見られるようなシャッターの目立つ大きな通りに、電気が一つもなくて、並木のやなぎには、白い何も書かれていない提灯がつるされ、みちには黄色の火がならび、そのけむりはやさしい深い夜の空にのぼって、カシオピイアもぐらぐらゆすれ、琴座も朧（おぼろ）にまたたいたのです。どうしてもこれは遥

か古（いにしえ）の盆の夜の景色のように思われたのです。私はひとり通りをゆっくり歩いて行きました。いろいろな羽虫が本当にその火の中に飛んで行くのも私は見ました。また、烏天狗のようなマスクや潜水夫のような眼鏡をして、まちの人たちが火をたいているのも見ました。

そのうちに、私は向うの方から、高い鋭い、そして少し変な力のある声が、私の方にやってくるのを聴きました。

それは赤い帽子をかぶり、青いオーバーオールを着て、鼻の下に髭を生やした小さなおじいさんで、板切れの上に四本の蠟燭を点したものを両手に捧げて、ぴょんぴょん飛ぶようにして、しきりに叫んで来るのでした。

「それは毒蛾じゃないよ。毒蛾なら目に見えるじゃないか。それはちっとも毒蛾じゃないよ」

蠟燭の明りの漏れる家があると、おじいさんはいちいち戸口に立って叫びました。

「それは毒蛾じゃないよ。毒蛾なら目に見えるじゃないか。それはちっとも毒蛾じゃないよ」

その声はガランとした通りに何べんも反響してそれから闇に消えました。

この人はみんなに敬われているようでした。どの人もどの人もみんな丁寧におじぎ

をしました。おじいさんはいよいよ声をふりしぼって叫んで行くのでした。

「それは毒蛾じゃないよ。毒蛾なら目に見えるじゃないか。それはちっとも毒蛾じゃないよ」

叫びながら右左の人に挨拶をしていくのでした。

「あの人は何ですか」

私は一人の町の人に訊ねました。

「配管工です」

その人は答えました。

「毒蛾じゃないとはどういうことでしょうか」

そばにいた人たちは、みな首を横に振って答えませんでした。私は道を三、四回聞いて、ホテルに帰りました。部屋にはほんの小さな蠟燭が一本点いて、その下に扇風機がありました。

次の朝、私はホテルの広場で毬尾日報を読みました。三面なんかまるで毒蛾の記事で一杯です。

その中で私は奇妙な記事を見つけました。三面どころか、三十一面なんていう、最後の方にある、誰も見つけないような小さな記事でした。私はうっかりコーヒーをこぼしてしまい、あわててつかんだのがその記事の場所だったために、読むことになったのです。コーヒーをこぼさなかった人が、その記事に気づく可能性はまずなさそうな、そんな小さな記事です。それにはこう書いてありました。

「体調不良などの健康被害は子供たちの間に広がりつつある。毒蛾の影響と見られているが、海峡を越えて飛来するとされる毒蛾は、実際は目にも見えず、実態を捉えられていない。被害は、この町に存在する別のものの影響だと語るのは、地元で配管会社を経営する毬尾超（こえる）さん（78）。『毒蛾じゃないよ。毒蛾なら目に見えるじゃないか。それはちっとも毒蛾じゃないよ』。自治体による詳しい調査が待たれる。」

さて私はその日、三十キロばかり南の方の羽牟木谷（はむきや）という町へ行きました。ここには、私が視察しなければならない、小枠（こわく）高等学校があるのです。

羽牟木谷の町でも毒蛾の噂は実にたいへんなものでした。通りにはやはりたき火の痕もありましたし、街角には毒蛾の記事に赤インクで印をつけた毬尾の新聞もはられていました。けれども、この町にはマスクをしている人も潜水眼鏡をかけている人も一人も見当たりませんでした。

毒蛾はともかく、私はこの来訪の目的を果たさなければなりませんので、小枠高等学校の視察に行きました。

高等学校は、思ったとおり、私が行くとたいへん緊張して、教育委員、校長先生や教頭先生、学年主任や担任の先生、運動部のコーチまでがへりくだって出迎えました。だって、すでに生徒が三人も死んでいるのです。それも三人とも自殺なのです。

「いったい、何が原因なのですか」

私は視学委員らしい、厳しい口調で問いただしました。厳しい口調というところが、この場合とても大事なのです。

「それがはっきりしないのです」

校長が、後ろめたそうに云いました。隣から教頭が口を出しました。

「原因はあるにはありますね」

「その原因に、問題があるのじゃないですか」

私は詰問しました。

「原因がきっかけになって、そこに気の迷いがあって、その迷いがふと実行を伴うがゆえに、屋上から飛び降りるというんですか。それなら全く論理的ですがね」

「しかしそうでないとも云えないでしょう。ただ原因がきっかけになっていることと、その場面で気の迷いが起こったことが、証明されないだけです」

「その証明は後で伺いましょう。まず原因を聞こうではありませんか」

「それがきっかけになって、そこに気の迷いがあって、その迷いがふと実行を伴うがゆえに、屋上から飛び降りた、という一連の事実が証明されなければ、それが原因とは特定できないのではないでしょうか」

「そうですね」

「いやそうではないでしょう。気の迷いがあってか、あるいは計画的なものかは措くとして、屋上から飛び降りた事実がある以上、引き金となった原因があるはずです。それがわかっているならはっきり云っていただきたい」

「いや、わかっているならはっきりと申し上げるが、原因と考えられるものの中のどれが果たしてほんとうに引き金なりきっかけなりになって、そこに気の迷いがあって、その迷いがふと実行を伴ったのかがわからない以上、軽率にどれか一つを原因と申し上げるのは、憚られる次第なのです」

「では、せめて、原因と考えられるものをすべて列挙していただきたい」

「いや、それは」

教頭はものすごく苦い薬をカレーと間違えて食べてしまったような顔をしました。

私は視学委員を長くやっておりますので、こういうことが起こる事情もよく知っているのです。学校は、生徒の自殺の原因がわかっているのですが、それを公表するといろいろとまずいことになると思っている場合、もごもごと言葉をごまかし、濁して、うやむやにしてしまうのです。そうしないと、校長や教頭、担任や副担任はおろか、教育委員までもが、その首が危うくなるので、問題の存在をあきらかにするようなことはめったにしないのです。

突然、校長が大声で云いました。

「毒蛾！」

みんなはこぞってびっくりしました。

「なんのことです」

「原因はさまざま考えられるのですが、いちばんに毒蛾ということも考えられます」

校長は額の汗を拭いました。

「そうだ、毒蛾、ということは考えられます。校長、いいところに気づかれました」

教頭は明るい表情を取り戻しました。

「と、云われますと」

私は厳しい口調で追及しました。

「毒蛾はさまざまな被害をもたらします。今朝の毬尾日報にも記事が出ていました」

私は、毬尾日報の三面の、おどろおどろしい記事を思い出しましたが、一方で校長の云うことは少しおかしいと見抜きました。私は云いました。

「その記事は私も読んだのです。しかし、健康被害を起こすと書いてあったのであって、屋上から飛び降りる原因になるとは書いてありませんでしたが」

それを聞くと、教頭が必死で抵抗を始めました。

「毒蛾が原因なら、誰も傷つかないんだ。毒蛾は、海峡を越えて飛来する。ということは、この国の、とりわけこの町の何かが原因ではないということなんだ。そこがまず、毒蛾が原因であることのすばらしさなんです。それだから隣の毬尾の町では、みんなが毒蛾、毒蛾というではありませんか。なんといっても毒蛾ですよ。しかも海峡を越えて飛んでくるんですからね。これはもう、防ぎようがない。全く、誰のせいでもない」

「そうですね。いや、ありがとう。大へんないいものを発見しました。どうです。学校にも大分被害者があったでしょう」

教育委員が校長の手を握りました。

「いいえ。なあに、毒蛾なんて、てんでこの町には発生なかったんです。私は見たこともありません。だけども、そんなことは問題にならないんです。だって、毒蛾は目に見えないんですからね」

校長が答えました。
私はこのことをすべて、報告書に書こうと思います。

青海流水泳教室

小初(こはつ)は長く突き出たジャンプ台の先端で腕を額に翳(かざ)し、型どおりに少し上空を見上げるようなポーズを取った。

このポーズは青海流水泳術の基本中の基本で、飛び込み前には必ず天気を確認しなければならない。教室に通う生徒たちは概ね、他のスポーツには縁がないようなタイプであったが、それでも熱心に小初の一挙手一投足を凝視し、慎重に真似てみせる。

腕も脚も抜けるように白く、何代も都会のコンクリートに育ち、幾重にも濾過された水を飲んで系図を保った人間だけが持つ美しさをそなえた小初は、やや下ぶくれで唇が小さく咲いて出たような、古代の壁画にありそうな天女型の美貌をしていて、細い尻下がりの眼も、どことなく人形を思わせた。

小初の見上げた先には青空が広がっていたが、もちろんそれは培養硝子(ガラス)、となぜか呼びならわされている特殊加工硝子の上にある青空であり、もう何十年も前に人々は空を直接眺める習慣を失くしていた。空気は限りなく危険であり、界隈一面の水は何よりも貴重だから、おいそれと直に触れることが許されるものではない。しかし、磨かなくても汚れのつかない培養硝子が開発され、一定区域ごとにドーム状に覆われたので、直に見たり、触れたりするのとまったく変わらないような環境が整備されたのは、たいへんありがたいことであった。

「何という判らない陽気だろう」

小初は呟いた。

これから行う遠泳会の晴雨が気遣われた。

いずれにしても培養硝子の空の下で行うのだから、降ろうが照ろうが関係ないではないか、という人もいたが、先祖伝来の青海流を引き継ぐ身であってみれば、遠泳会はやはり、晴天でなければならないと思うのだった。

小初、という名は、青海流水泳術の家に代々伝わってきた名前で、嫡男がない場合は女の子に小初と名づけて道場を継がせ、婿を取って子孫を残してきた。小初の祖母も小初、曾祖母も小初であった。

ただし、名前と同じような確率で、水泳術が父祖から子孫に伝えられたかといえばそうではなかった。というのも、前々世紀の初めごろまでは盛んであった青海流も、近代泳法にその座を奪われるのはまだしも、前世紀の初めに、水が大変貴重なものとなり、またかなり危険なものと目されるようになったころには、水泳それ自体が忌み嫌われ、忘れられ、青海流に関心を持つ者は皆無となり、例の水使用制限令と一般には言われている法律ができた後のおよそ百年もの間、継ぐ者はおろか、顧みる者もいなかったのだった。

それを復活させたのが、小初の父、貝原敬蔵（かいばらけいぞう）であった。

元来、変わり者だった小初の父は、先祖の残した膨大ながらくたを渉猟していて、青海流について記した文書を見つけ出した。それは、一九三〇年代に、何代目かの小初が書き残したものらしかった。

「父の水泳場は」

と、その文書には、あった。

「父の水泳場は父祖の代から隅田川岸に在った。それが都会の新文化の発展に追い除けられ、追い除けられして竪川筋に移り、小名木川筋に移り、場末の横堀に移った。そしてとうとう砂村のこの材木置き場の中に追い込まれた。転々した敗戦のあとが傷ましくずっと数えられる。だが移った途端に東京は大東京と拡大され砂村も城東区砂町となって、立派に市域の内には違いなかった。それがわずかに『わが青海流は都会人の嗜みにする泳ぎだ。決して田舎には落したくない。』そういっている父の虚栄心を満足させた。父は同じ東京となった放水路の川向こうの江戸川区には移り住むのを極度に恐れた。葛西という名が、旧東京人の父には、市内という観念をいかにしても受付けさせなかった。ついに父は荒川放水を逃路の限りとして背水の陣を敷き、青海流水泳の最後の道場を死守するつもりである」

これを読んで、貝原敬蔵は涙した。ぼろぼろの古地図を広げ、それらの地名がすべていまや灰色のビルやタンクに埋もれていることを確認して号泣した。

荒川放水どころか、川とか海とかいった自然天然の水辺には、まったくお目にかかるはずもない空間に、貝原父娘は暮していた。文書の中の「小初の父」には申し訳ないことに、貝原敬蔵にとって、祖先の地とは「葛西」だった。曾祖父の代に旧地名で「葛西」と呼んだところの地所を売り払い、父の代、つまり小初の祖父の代には「東京」と呼ばれていた区域からもはみ出て、ついに旧地名で言えば「千葉」とされていた高層ビル群に迷い込んでしまったのは確かであって、「青海流」が死守されなかったことは、そのこと一つとってもあきらかであった。

貝原敬蔵はしかし、奮起した。もともと政府機関の非正規雇用者であった彼自身は、まったく金がなかったが、父方の親戚で、不動産で財を成した人物を頼って、どうにかして新東京の片隅のビルの屋上に土地を借り、文献をくまなく読んで水泳場を開き、青海流の看板を掲げ、父娘二人して古式泳法の復活に努力したのだった。ただし、新東京の範囲はかつての大東京よりずっと広いので、父祖には面目ないことながら、地理的には、荒川どころか、江戸川を越え、新中川を越え、ついには利根川に迫ろうという場所まで来ていたが、いずれにしても水泳場が河口に開かれたわけではなかった。

東西南北どこを向いてもこのあたりは背の高いビルばかりで、なんといっても水泳場もそうしたビルの屋上にあるわけだから、ジャンプ台の先端に立つと遠くまでの景色が見える。東にはエアポート、西にはあの歴史的な東京スカイツリーもビルの谷間にその細長い姿を見せ、南に目を向ければ、うるさいほど肩を聳やかしている高層建築の群れの奥の、埋め立て地に広がる浄水場とタンク。そして北側にはありとあらゆる浄化用薬品工場の群が赤く爛れたような煙突の煙を流していた。実際、このあたりは生活環境としては不適切とされていて、人々は、やはりドーム状の培養硝子で覆われた郊外の自宅から、チューブやメトロで新東京に通っている者がほとんどだったが、零落した貝原父娘はほかに行くところもないので、ビルの屋上の水泳場に寝泊まりしているのだった。

小初は腰の左手を上へ上げて、額に翳している右の腕に添え、眩しくないように眼庇を深くして、今更のように文化の燎原に立ち上る晩夏の陽炎を見入って、深い溜息をした。

「先生、どうしても前に進みません！」

見下ろすと、生徒の一人が羽毛の中で手足をバタバタ動かしていた。

「むやみやたらと手足を動かしたってだめ。溺れてしまうわよ。はい、立って歩いてよし。次！」

小太りの子供たちが、うまく進むことができないのは、父の敬蔵が予算をけちって十分な羽毛を敷き詰めないからだと小初は思っていて、そのことで父を責めもした。もう少し田舎へ行けば地代も安く、その分、羽毛を買い足すこともできるのだが、そうなると新東京からもはみ出してしまうので、都会人の子孫としての矜持が、父にどうしてもそれを許さなかったのだった。

駸々と水泳場も住居をも追い流す浄化産業の猛威を、一面のコンクリート・ジャングルに感じて、小初は心の髄にまで怯えを持ったが、しかししばらく見詰めていると、怯えてわが家没落の必至の感を深くするほど、不思議とかえって、その猛威がなつかしくなって来た。

「小初先生。時間ですよ。翡翠（ショービン）の飛込みのお手本をやって下さい」

一番弟子の薫が大声を上げる。羽毛を静電気で体中に貼りつけた子供たちが、体育の座り方で小初を見上げた。

「いますぐよ。少しぐらい待ってよ」

父が歴史的資料から発掘した青海流水泳術特有の水着は、「肩や両脇を太紐で荒くかがって風の抜けるようにしてある陣羽織式」だそうなのだが、見たこともない「陣羽織式」を再現するにあたって、父娘はたいへん苦労した。ともかく前身頃と後身頃を太い紐で結んだ長めのベストのようなものを誂え、金糸で「青海流」と刺繡を入れたものを、水泳前には必ず着用し、泳ぎ始める前に颯爽（さっそう）と脱ぎ捨てることを、青海流の作法の一つと決めたが、いちいち脱ぎ捨てなければならないので、やたらと時間がかかる。

青海流水着を脱ぐと下からストレッチの効いた黒いタンクトップとショートパンツの小初の身体が剝きだされた。青海流の極意である「象牙細工のような非人情的な完成」をめざし、小初はジャンプ台に両足を踏みたて、両手を前方肩の高さに伸し、胸を張って呼吸を計った。

青海流の作法からいうと翡翠（かわせみ）の飛込み方は、用意の号令でジャンプ台の端へ立ち上がって姿勢を調え、両腕を前方へさし延べるときが挙動の一である。両手を後ろへ引いて飛込みの姿勢になるときが二で、跳ね出す刹那が三の、すべてで三挙動である。

小初は型どおり「一、二」と号令をかけながら、飛込みの姿勢を取った。

「翡翠が杭の上から魚影を覗う敏捷で瀟洒な姿態」を模写した青海流秘伝の「翡翠の飛込み」を、翡翠も魚影も知らずに構築するのは至難の業だったが、貝原父娘はそれを成し遂げた。彫刻的に見えた小初の肉体から妖艶な雰囲気が月暈のようにほのめき出て、四囲の人工的な高層ビル群に一つだけ、かつては水の中を泳ぎ回ったと言われる魚や、それを狙う青い体に橙色の腹をした美しい鳥の姿の生々しい魅惑を掻き開かせた。と見る間に「三!」と叫んで小初は肉体を軽く浮かび上がらせ不思議な支えの力で空中の一箇所でたゆたい、そこで見る見る姿勢を逆に落しつつ両足を梶のように後へ折り曲げ両手を突き出して、胴はあくまでしなやかに反らせ、ほとんど音もなく羽毛の中に体を鋤き入れた。

目を眩しそうにぱちつかせて、女教師の動作の全部を見届けた薫は、

「型が綺麗だなあ」

と思わず嘆声を挙げて、ビル群の中に雲のように浮かぶ羽毛のプールを喰い付きそうな表情で見つめた。

羽毛の中をすいすいと泳いで向こう側に辿り着くのは、小初の姿だけを見ていれば難なく思えるが、容易ではない。たいていの者が、その身を白い羽の中に埋めてしまう。しかし、この極意こそが、古典的な青海流の泳法に、貝原敬蔵と小初がそっと織り込ませ、青海流再興の切り札にしたものであった。

というのも、例の水使用制限令以来、水は、幾重にも濾過、浄化したものを、飲料用にボトルで自治体から支給されるのをちびちび使うことになっていて、水の中を泳ぐとか風呂に入るとかいうことは、概念自体が消失して、何を示すのかわからなくなって久しかった。「けちけちしてほとんど使わない」という意味に用いられるイディオムの「湯水のように使う」が、かつては逆の意味で使われていたことがあると知る人間も少ない。

もちろん、体を清潔に保つための浄化システムは快適に作動しているので、風呂もしくはシャワーという、古典的で、危険かつ不潔な方法を用いたいとは誰も思わない。そんな中で、水に飛び込みたい人間などいるわけがないし、だいいち、繰り返しになるが、水は人間が飛び込んだり潜ったりする目的で使用することを禁じられて何十年も経っていた。

しかし、貝原敬蔵は、くだんの文献から貴重な詩文を見出したのである。

それは、希臘の擬古狂詩「海豚の歓び」というものであった。

「クッションというなら全部クッションだ。
羽根布団というなら全部羽根布団だ。
だが、水の中は、溶けて自由な
もっといいもの――愛。
跳ねて破れず、爪割いて
掻き毟らりょうか――愛。
それで海豚は眼を細めている。
一生、陸に上らぬ。」

これを初めて読んだとき、貝原敬蔵は考えこんでしまった。
「クッションというなら全部クッション？　羽根布団というなら全部羽根布団？　掻き毟らりょうか、愛？」
父が何日も「海豚の歓び」を唸りながら煩悶しているので、そばで見ていた幼い小初も苦しかった。しかしそこに光明が射して、父娘は青海流の極意に辿り着いたのである。

「小初、父はこの詩を読み解いた」

「はい」

「ご先祖様は、我々がこのような日を迎えるのを予見してこの詩を引用したに違いないのだ。水に身を浸すとはどういうものか、泳ぐとはなんなのか、子孫が水に触れずにそれを体得できるようにと書かれたのが『海豚の歓び』である。つまり、水とは」

「クッションというなら全部クッションだ。羽根布団というなら全部羽根布団だ。というわけですね、お父さん」

そこで父娘は大量の羽根布団とクッションを購入し、ビル屋上のプールにそれを投げ込み、飛込みをやってみたが、体はクッションの間に沈み、布団をたわませるばかりであった。

「ここで解釈すべきは、『跳ねて破れず、爪割いて／掻き毟らりょうか――愛。』の部分である。ここにこそ、青海流再興の鍵がある」

貝原敬蔵は怯まなかった。そしてとうとう、この「跳ねて破れず」が逆説的に、すでに破られたクッション、つまり羽毛だけのプールを指し示していると看破した。

全財産を投入し、借金に借金を重ね、貝原父娘はとうとう、屋上のプールをふわふわした羽毛で満たした。ジャンプ台からその羽毛の海にダイブすると、得も言われぬ快感が父娘を包み込んだ。

「これよ、お父さん！　これが海豚の歓びなのね。見て！　たしかに跳ねても破れるような布もないし、爪で掻き毟ろうったって、するすると羽たちが逃げてしまうの！　とっても自由な感じがする！」

「そうだ、これこそが老荘の思想から採る『渾沌未分の境涯』なのだ！」

ここに始まり、父娘して、羽毛の中をすいすいと泳ぎ渡る秘術を極めるのは一朝一夕にはいかなかった。一人娘を青海流の天才に仕立てるつもりの父敬蔵は、かなり厳しい躾け方をした。羽毛の底に小石を沈めておいて、幼い小初に咥え出さしたり、自分の背に小初を負うたまま羽毛の深瀬に沈み、そこで小初を放して一人で這い登らせたり、家伝を倍加し、自己流に工夫して小初を躾けた。

羽毛の中は割合に明るかった。陽気でも陰気でもなかった。黎明といえば永遠な黎明、黄昏といえば永遠に黄昏の世界だった。陸上の生活力を一度死に晒し、実際の影響力を鞣してしまい、幻に溶かしている世界だった。いわば善悪が融着してしまった世界でもある。小初はしなやかな胴を羽毛によじり巻き、飽くまで軟柔の感触を楽しんだ。

「さあ、みなさん！　お手本はここまで。今日は、待ちに待った遠泳ですよ。一列に並んでちょうだい」

小初はへりに手をかけ、勢いよく体を引き上げてプールサイドに上がると、小太りの生徒たちを促した。薫をしんがりに、生徒たちが行儀よく一列に並ぶ真横を跳ねるように歩いて彼らの先頭に立つと、小初はもう一度青海流水泳術の正装である、例の陣羽織式の水着を羽織った。生徒たちも小初先生に倣い、おのおの陣羽織を身に着ける。

すると、どうしたことか、いままで晴れていた空に疑わしげな雲が伸びてきて、またたくまに培養硝子の空を覆った。うねるような雲が灰色のグラデーションを作りながら広がって行く様子は、ルネサンス絵画の遠景のようで圧巻である。ぽつ、ぽつ、ぽつ、と、水滴が遥か上方の硝子に当たり、しだいにその音が大きくなって、あとはもうざーっという轟音に変わった。

「すごい雨だ！　遠泳はとりやめでしょうか」

薫が眉をしかめる。

雨は培養硝子の上を流れ、流れて、モワレを作り、いつのまにか空の形をすっかりぼんやりさせていた。

ままよ。

小初は目を閉じた。老先生の敬蔵が朝食後眩暈を催して泳ぐことができないため、今日の遠泳行事は小初に一任されていた。遠泳といっても、この限られた空間からどこへも行けるはずはなく、ただ一列に、羽毛のプールの中をぐるぐるめぐるのである。

「いいわ。やる。ついてきて」

小初は、型どおり腕を翳して上空を見上げてから、陣羽織式水着を脱ぎ捨て、一、二、三を合図に飛び込んだ。生徒たちが後に続く。彼らは今日の遠泳会を一度も足を底につけて休まず、コースを首尾よく泳ぎ終せれば一級ずつ昇級するのである。彼らは勇んで「ホイヨー」「ホイヨー」と、掛け声を挙げながら、ついて来る。

雨脚が速くなり、周囲は灰色に包まれた。勇み立って、列の中で抜手を切る生徒があると薫が大声で怒鳴った。

「くたびれるから抜手を切っちゃいかん」

延々とつづく汚水処分場のタンクが、灰色の雨にけぶった。

小初は振り返って言った。

「さあ、ここからみんな抜手よ」

一行は「ホイヨー」「ホイヨー」の掛け声とともに、息を切らしながら羽毛のプールをぐるぐると回遊した。

小初の胸に父の声が響いた。

「死屍水かかずしてよく浮く。これがわが青海流で言うところの、余裕綽々の平泳ぎの心だ。それはそもそも、渾沌未分そのものだね」

そうだ、お父さんが言っていた。人は生きていると水に沈むけれど、死んでしまうと浮くらしい。それは羽毛とは決定的に、何かが違うと小初は思った。培養硝子をすべり落ちてくるあの大量の水を見ていると、あれはもしかしたらいま自分が浮かんでいるこの羽毛なんかより、よっぽど素晴らしいものなんじゃないかと小初には思えてくる。

水の中を泳ぐって、ほんとはどんな感じなんだろう。空から落ちてくるあの水に浸って、生も死もわからないような、まばゆいほどの意識の渾沌に身を投じるという意味なのだろうか。

渾沌未分………

渾沌未分………

小初がひたすら進み入ろうとするその世界は、果てしも知らぬ白濁の波の彼方の渾沌未分の世界である。

「泳ぎつく処まで……どこまでも……どこまでも……誰も決してついて来るな」

いつのまにか小太りの子供たちの「ホイヨー」「ホイヨー」の声も消え、というのはみな、遠泳に疲れてプールサイドに上がり、体育の座り方で小初先生を呆然と見つめているからなのだが、風の加わった雨脚の烈しい音が培養硝子を打つ中、小初はどこまでもどこまでも白濁無限の羽毛の中を、抜手を切ってぐるぐるぐるぐる回り続けているのであった。

王様の世界一美しい服

あの話はぜんぜん違うんだ。

きみは本当のことを知らない。

この村の人間なら、誰でも知ってることだ。

だから、この村で、あの話をしちゃあいけない。

今日、きみは隣町の、人形劇フェスティバルに行ったんだろう?

それならどうしたって、あの人形芝居を見たはずだ。

きみも何度も聞いたり、読んだりした、有名な話だし、一種の教訓話でもあるし、なによりとてもわかりやすいから、世界中の人々が、絵本にし、映画にし、テレビで放映する。人形劇にもする。いわば古典だ。

楽しんだのかい。それはよかった。

だけど、この村で、その話をしちゃあいけない。すれば、間違いなく、きみはこの村を出られなくなる。悪いことは言わない。きみの楽しかった人形劇の話は、この村を出てからするがいい。

今夜は僕がかわりに話してあげよう。

あの話はぜんぜん違うんだ。

この村はもともと、織物の名産地だった。美しい織物を作る、この国で最も豊かな村の一つで、村中の人間がそれにかかわる仕事をしていた。

絹糸一本一本を、光のように染め上げて、羽根みたいに軽い布を織り上げる。あまりの軽さと美しさと、纏（まと）ったときの心地よさに、人々はこの村の見事な布を「光る皮膚」という名で、呼んだものだった。

熟練の年寄りたちは、目が利かなくなっても、指だけでその布の良しあしがわかった。もっといいものを、もっと美しいものをと、村の者はいつだってその話ばかりした。子供たちは早く十五歳になって、糸のつむぎ方や染め方や、布の織り方を習いたいと楽しみにして育った。子供が悪さをすると、「おまえは将来、布の仕事につけないぞ」と、大人たちは脅した。それだけで子供たちは泣き出して、悪戯をやめたものだった。

この村は、織物の名産地だった。物静かで、誇り高い人々の住む村だった。

あの年、世界一美しい布で世界一美しい服を作り、王様に献上するようにと、命令が下ったとき、村中の人間が誇らしさと歓喜で胸をいっぱいにした。

それが別の物語の始まりだとは知らずに。

村一番の紡ぎ屋と、染め屋と、織り屋と、仕立て屋が選ばれた。

何度も何度も試作が行われて、村一番の目利きが厳しい審査をした。

村中、その話で持ちきりだった。

とうとう世界で一番美しい服が出来上がったとき、村の人々は喜びの溜息をつくばかりで、言葉を発することすらできなかった。

服はそれくらい、美しかった。

それが大きな間違いだと、気づく人は誰もいなかった。

村の人々は、あまりに純粋で、布のことしか知らなかった。美しい服のことしかわからなかった。

王様に服を献上する商人は、城のある隣町からやってきた。

その男は国で最も尊敬された商人で、ほんとうに美しいものが何か、よく知っていた。

けれど彼は商人だったから、村の人々ほどナイーヴではなかった。ほんとうに美しいものを理解できるのは、限られた人々だということも知っていた。

胸をよぎった一瞬の躊躇を言葉にしなかったことを、この男は後悔して、後悔して、死んだに違いない。

服があまりに美しかったから、男は少しだけ怖くなった。それでも、やはり服の魅力には勝てなかった。人が一生のうちで、これ以上見事な服を見ることはないだろうと思った。「世界で一番美しい服」を、この国が作り上げたという誇らしさが胸を満たし、どうしてもそれを王様に差し上げたくて仕方がなくなった。

ここに「世界一美しい服」がある以上、王様に別の物を献上することはできなかった。

「たしかにお預かりしましたよ」

商人は、村長に深々と頭を下げた。

「これより美しい服は、これまで作られたことがなく、これから先もきっと長いこと、作られることはないでしょう」

今度は村長が商人に、深々と頭を下げた。

美しい服が城に届けられたとき、きみも聞かされた物語にある通り、王様は、ほんとうに喜んだのだ。

王様は美しい服に感激して、たくさんの金貨を商人に与え、村の人々にも渡してやるようにと言った。

ただ、ここに、ほんの少しだけ、また別の話が加わる。

王様はとても喜んだ。国一番の商人が、「世界一美しい服」と太鼓判を押したから。何が良いもので、何がさほど良くないものかの判断を、王様は商人に任せていた。だって、その商人は、国一番の目利きだったし、いままで間違ったこともなかった。

王様は、「物を見る目のある人」ではなくて、「人を見る目のある人」だった。つまり、どの男に何を任せればいいか、知っていたのだ。それができれば、王様の仕事は間違うことがなかった。

良いものばかりに囲まれて育った高貴な人によくあるように、良いものが何か気づいてもいた。ただ、王様はそういったことに、たいした価値を見出してはいなかった。ほかにすることが、たくさんあったのだ。

そして、あの日がやってきた。

きみがよく知っている、あのことが起こった日だ。

王様は、国中の人に、その美しい服を披露した。まさか、あんなことが起こるとは思わずに。小さな男の子が叫びだすとは思わずに。その男の子の叫びを合図に、国中の人々が「王様は裸だ」と叫びだすとは思わずに。

国中に大混乱が起こった。

王様が裸で歩いているとは！

早く収拾をつけなければ、たいへんなことになる。

王様の判断は早かった。

王様は商人を呼び出し、拷問にかけ、紡ぎ屋と染め屋と仕立て屋、村長、服作りにかかわったすべての者の名前と居場所を吐かせた。

王様に恥をかかせ、国を混乱に陥れた者たちに厳罰が下された。

商人と、服作りにかかわった者と、その家族はみな殺された。

村の糸紡ぎや機織り機や仕立て道具には火が放たれた。

村人は、布と服にかかわる仕事を、永久に禁じられた。

「王様は裸だ」と叫んだ子供は、死ぬほど叩かれて、家族といっしょに国を追放された。

この村の人々は、あの事件を忘れない。

この村の人々は、かつて栄えた織物の町の、職人たちの末裔だ。

いまも、誰も、布や服の仕事にはつかない。禁止の法律は、もうないのに、誰も、その仕事を選ぼうとはしない。

世界中の子供たちが、無邪気に楽しむ絵本や人形芝居が、この村の人々の胸をいまも抉り続ける。

明日の朝になったら、何も言わずに、村を出るといい。

きみが見た人形劇の話は、この村を出てからするがいい。

あの話は、いまや古典で、なにより楽しい話だから、きみにはそれを語る権利がある。

だけど、もし、きみがこの村に来たことを忘れないなら。

一夜の宿をとったことを覚えているなら。

頼むから、そのときだけでかまわない。

一人静かに思い出してくれ。

あれには別の物語があったことを。

親指ひめ

あるところに、結婚していない、子供のいない、女の人がいました。

その国には、結婚をしない女性をとても悪く言う人たちがいて、「結婚しないのか」「できないのか」と公の場で罵ったりするので、その女の人もたいへん生きづらい思いを抱えていました。

それに、結婚していてもしていなくても、「子供はいないのか」「産めないのか」と公の場で罵られるのです。「女は産む機械」と考えている人が、公の場でそう発言したこともありました。女の人はいっしょうけんめい働いて、とてもたくさん税金も払っているのですが、このまま生き続けていれば、子供を産まないまま、おばあさんになるでしょう。「女性が生殖能力を失っても生きているっていうのは無駄で罪です」と、公の場で言い放つ政治家などもいるので、女の人は、未来にも希望が持てないわ、と思ってくらしていました。

女の人はある日、村はずれの魔女を訪ねて行きました。魔女は、子供のいない女の人たちに子供を授けると聞いていたからです。もちろん魔女にも自分の子供はいないのですが。

魔女に会いに行った理由は、「子供はいないのか」「産めないのか」と公の場で罵られるのが辛かったからではありません。

子供を持ったとしても、結婚をしていなければやっぱり公の場ではちっとも褒められません。たとえば赤ちゃんを育てるのと仕事をするのとを両立させるのが難しくなったり、自分が病気をしてしまったりしてお金が稼げなくなった時に、脚を引きずるようにして役所へ行って、生活保護を申請しようとでもすれば、「夫はいないのか」「結婚してないのか」「育てられないなら産むな、無責任だ」と罵られた上に、「生活保護を申請する前にソープへ行け」と言われてしまったりするのです。

どうしてみなさん、こんなひどいことばかり言うのでしょう。

しかも、公の場で。

いまみなさんが読んでいるのは「おはなし」なのですが、ほんとうにこんな人がいっぱいいる国があったら、とっても嫌ですね。書いているだけで疲れてきてしまいました。

そんな国で、女の人が一人で子供を持つのはたいへんです。ちっとも楽なことじゃありません。

でも、女の人は小さな子供を育ててみたいと思ったのです。とても小さい、小さい子供でいいから、育ててみたいなあと思ったのです。

だって、子供を育てるのは、べつに、将来、国の年金システムを維持するために必要であるとか、軍隊をつくるために必要であるとか、自分の老後の面倒を見てもらうために必要であるとか、そういうことではなくって、とても楽しくて、いや、楽しいばかりではないでしょうけれども、意義のあることのように、女の人には思われたからです。

だから、同じように結婚もせず、子供もいないまま、おばあさんになったために「魔女」と呼ばれるようになった女性のところに、相談に行ったのでした。

「世の中には、あなたみたいに考える人もたくさんいるわよ。私は、とくに子供を持ちたいと思わないけれど。でも、人それぞれですものね。あなたの気持ちはよくわかるわ。それじゃ、子供を持つ方法を教えるわね。ここに大麦の粒があるから、家に帰ったら植木鉢に蒔いてごらん。芽が吹き、花が咲くころには、そこに小さなかわいらしい女の子があらわれるから」

女の人はとても喜んで、大麦の粒を持ち帰り、植木鉢に蒔きました。毎日水をやって、楽しみに世話をしていたら、やがて芽が吹き、茎が伸び、つぼみがついて、ある日美しいチューリップの赤い花びらが開きました。

そして、すてきなことに、緑色のめしべのうえに、小さな小さな女の子が座っていたのです。

「まあ、なんて小さいんでしょう」

女の人は言いましたが、慎重に指の上に乗せて運び、胡桃(くるみ)の殻に綿を敷き詰めたゆりかごに女の子を入れました。

「あなたの名前は、親指ひめよ」

と、女の人が言いました。

「少し小さすぎたかしらね」

女の子を見にきた魔女が聞くと、女の人は、いいえ、と答えました。

「いいの。ちっちゃくて。この子は小さいから、ふつうの女の子が経験するような、いやなことを我慢しなくてもいいかもしれないもの」

親指ひめは胡桃の殻で寝て、起きると女の人の机の上で遊びました。小さな本や、小さなお絵かき帳もありました。夕方になるときれいな声で歌いました。

ところがある晩のことです。親指ひめが胡桃のゆりかごで寝ていると、ひきがえるのおばさんが一匹、窓から飛び込んできました。その日は暑い日で、女の人は寝苦しくないようにと、少しだけ窓を開けておいたのです。

ぴょん、と、ひきがえるのおばさんは飛んで、親指ひめの眠るゆりかごの傍までやってきました。

「あら、かわいい。うちの息子の嫁にぴったり!」

ひきがえるは胡桃の殻をつかんで、そのまま窓ガラスの隙間から庭に飛び出しました。

外には川が流れていて、ひきがえるはその川岸の、泥溜まりのようなところに息子と二人で住んでいました。

「ゲロゲロ。ゲロゲーロ、ゲゲゲ」

と、息子は言いました。小さなかわいいお嫁さん、ようこそひきがえるの家へ、という意味です。

でも、親指ひめはびっくりして、そして悲しくなってしまいました。まだ、ほとんど人生を楽しんだこともないのに、醜いひきがえるのお嫁さんになるなんて、考えたくなかったからです。

「浮かない顔はおよしよ。うちの息子はみてくれは悪いけれど、稼ぎはいいんだよ。虫やミミズもいっぱい取って来てくれるよ。ちょっと恥ずかしがり屋で、自分じゃ女の子に声をかけられないのだけが欠点だけど。いまどきそんなの、うちの息子一人じゃないしさ」

ひきがえるのおばさんが愛おしそうに息子を見ると、

「ゲロゲロ。ゲゲッ」

と、息子は鳴いて、ちょっと涎を垂らしました。

「女の幸せは結婚相手で決まるんだから、あんた、いいのをつかんだよ。嫁になったからには、子供を産んでもらうよ。あたしの老後のためにも、国の年金のためにも、子供がいっぱい必要なんでね。戦争が始まれば、兵隊も必要さ。いくら産んだって産みすぎるってことはないよ。人もかえるも時代について行かなきゃ」

ひきがえるのおばさんはそう言うと、大きな睡蓮の葉っぱに親指ひめを胡桃の殻のゆりかごごと載せました。

「気の毒だけど、あんたに逃げられたくないんだ。この葉っぱの上なら、どこにも逃げようがないものね」

睡蓮の葉っぱの周りはどこを向いても泥水で、その葉の上以外、どこにも行くことができませんでした。親指ひめはさめざめと泣きました。

それに気づいたのはお魚たちでした。

「あの女の子は、まだ自分の人生を楽しんだこともないのに、葉っぱの上から逃げられなくなって、ひきがえると結婚させられるのが悲しくて泣いている。逃がしてあげなくちゃ」

お魚たちは、睡蓮の葉の茎を食いちぎりました。

睡蓮の葉っぱは親指ひめを乗せて、川をぷかぷか下りはじめました。

最初はびっくりしていた親指ひめですが、だんだんこの冒険が楽しくなってきて、きれいな声で歌を歌いました。そして、この快適な船をさらに速く動かすことを思いつき、コルセットの紐をといて、一方の端を空を飛んでいたちょうちょうに、もう一方を葉っぱに結びつけました。睡蓮の葉は、サーッと水を蹴立てて進みはじめました。

「私は船長さんよ！」

親指ひめは、腰に手を当てて葉っぱのへりに立ち、美しい景色を見渡しました。ようやく自分の人生を楽しみ始めた親指ひめです。歌を歌い、ちょうちょうといっしょに踊り、川岸の景色にうっとりする、素晴らしい川下りが始まりました。

ところがその時です。大きなこがねむしが飛んできて、親指ひめをわしづかみにして木の上に連れ去りました。

親指ひめは青くなりました。すてきなお船を作るために、ちょうちょうと葉っぱをコルセットの紐で結んでしまったままだったからです。あのままだとちょうちょうはどこにも行けず、餌もとれずに死んでしまうでしょう。

親指ひめは生まれて初めて、深い後悔の念に駆られました。自分の欲望のために、誰かを犠牲にしてはいけないのだ、と親指ひめは思いました。この経験は、親指ひめの胸に深く刻まれました。

大きなこがねむしは親指ひめを一目で気に入り求婚しました。

なにしろこの国では、人もかえるもこがねむしも、結婚のことばかりを考えていたのです。そのわりに結婚率が低かったのは、じつのところ結婚してもいいことばかりではないとみんなが思っていたからなのですが、それはちょっとまた別の話です。

でも、大きなこがねむしが親指ひめを仲間のところに連れて行くと、仲間たちは口々に言いました。

「なんだこのブス。こんな醜いのは見たことがないよ」

「こんなできそこないの虫は願い下げだよ！」

「ありえないよ、こんな変なの。子供産めるの？」

「どうかしてんじゃないの、こんなの連れて来るなんて」

そう言われると、大きなこがねむしも、選択をあやまったような気がしてきました。だって、こがねむしの世界では、「みんなとおんなじ」じゃないと、ものすごくいじめられるのです。

「マジでこんなのと結婚すんのかよ、おいおい。おまえ、そういうこがねむしだったわけ？　あー、悪いけど、つきあいたくねー」

と、仲間うちでいちばんいばっているこがねむしが言ったので、大きなこがねむしもとうとう、

「おまえとは結婚しないことにしたわ。どこへでも好きなところに行っちまえ」

と、親指ひめをまたわしづかみにして飛んでいき森の中のひなぎくの花に載っけて、どこかへ行ってしまいました。

生まれたときから「かわいい」「美しい」「こんなにきれいな女の子は見たことがない」と言われ続けていた親指ひめは、生まれて初めて「ブス」「醜い」と罵られて、たいへんなショックを受けました。

しかも森の中に放り出されて、一人で生きて行かねばなりません。

親指ひめは草の茎でベッドを作り、大きな葉の下に吊るし、雨が降っても濡れない

ように、簡単な家を作りました。

そして花の蜜を集め、花びらややわらかい葉っぱを食べ、草の露を飲んでくらしました。

そうしているうちに、「ブス」と呼ばれたショックも遠のいていきました。こがねむしにとって、親指ひめが美しく見えなかったとしても、それで傷つくことはないのだ、と思えるようになったのです。むしろ、ひきがえるが親指ひめを美しいと思ったことのほうが不思議だ、と感じるようになりました。人それぞれ、生きものそれぞれ、美意識や価値観は違うのです。なんでもみんなと同じじゃなきゃいけないなんて窮屈ですしね。

自分にとって、あんなに醜かったひきがえるだって、ひきがえるのお嬢さんから見たら美男子だったかもしれないのです。稼ぎがよくて、いきのいいミミズや虫をとってくるひきがえるを、「なんていい男!」と思うひきがえる女子がいるのではないだろうか。親指ひめは、そんなふうに考えるようになりました。ひきがえるの親子が幸せになりますように。やさしい親指ひめはそう願うようにすらなったのです。

森の中の一人きりの生活はとても思索的で、いろんなことを考えさせてくれる日々でした。

その森に、冬がやってきました。しんしんと降り積もる雪の中、とても葉っぱのお家では寒さがしのげません。親指ひめは決心してそこを出て、草で編んだ外套を着て森を出ることにしたのです。それはそれは、たいへんな旅になりました。疲れ果てて倒れ込んだのは、麦畑のそばにある小さな穴でした。親指ひめは、そこで意識を失いました。

「おやまあ、どこの子だろう。可哀想に」

穴に住んでいたのは、やさしい野ねずみのおばあさんでした。おばあさんは、親指ひめを家に入れて、温かいスープを飲ませてくれました。乾草のベッドも使わせてくれました。親指ひめが、お礼にきれいな声で歌うと、おばあさんは喜んで、

「冬の間、ここにいていいよ。お掃除をして、お話を聞かせてくれるならね」

と言いました。

親指ひめは、よろこんでその通りにしました。ちゃんとした家に住むのは、女の人の家以来のことでした。おばあさんのためにお掃除をして、歌を歌い、お話をして、親指ひめはほんとうに楽しくくらしました。水の上も、森の中も、それなりにすてきだったけれど、やっぱり家の中でくらすのがい

ちばん。親指ひめは、毎日その幸せを噛みしめました。

「ねえ、おまえ、おとなりさんを紹介しようと思うんだけれど、いいかい？　とても立派な紳士だよ。それはそれは、いい方さ。おまえをお嫁さんにしてくださるんじゃないかなと思うの。人もねずみもモグラも、なんといっても結婚することが大事だよ。わたしの亭主はとっくに死んでしまったけれどね。モグラさんはすごく立派な家もお持ちでね。しかも、おとなりさん。わたしはもうおまえのことを、自分の娘か孫みたいに思ってるんだもの。結婚しても近くにいてくれるなら、こんなに嬉しいことはないよ」

おばあさんがそう言うので、親指ひめはその紳士に会ってみることにしました。

その紳士とは、お金持ちのモグラでした。親指ひめは、たいそうがっかりしました。たしかに立派な紳士で、いいお家も持っていたのですが、モグラさんは日の光が苦手で、家というのも土の中でした。野ねずみのおばあさんの家も穴の中ではあったのですが、外へ出るのは自由でした。モグラさんと結婚したら、一生、太陽を見ることができなくなるのです。

親指ひめは、太陽の光や、青々とした草や木、色とりどりの花、水の流れ、小鳥のさえずりなどのことを思いました。

「私の邸宅から、野ねずみさんの家まで、長い太いトンネルを掘りましたから、いつでも行き来ができるようになりましたよ。好きなときに遊びに来てください」

モグラの紳士はそう言って帰って行きました。

「ほら、そう言ってくださるんだから、遊びに行っておいで」

野ねずみのおばあさんに送り出されて、暗いトンネルをいやいや歩いて行く途中、親指ひめは瀕死のつばめに出くわしました。

暖かい国へ飛んでいく途中で、翼を傷つけてしまったつばめは、地面に倒れ、モグラさんのトンネルの中へ落ちてしまったのです。

親指ひめは、モグラさんの家に行くかわりに、毎日つばめのところへ水や甘い蜜を運びました。身体を温めるための綿も、乾草も運びました。いっしょうけんめい看病したので、つばめは元気になりました。親指ひめの献身的な世話のおかげで、一冬を越えることができたのです。

看病をしている間に、親指ひめは自分のことを全部つばめに話していましたから、つばめは親指ひめに同情してこう言いました。

「お嬢さん、あなたが嫌なら、モグラさんと結婚することはありませんよ。わたしは仲間のところへ飛んで行くつもりです。また、こちらの国に帰ってくる季節ですから。

わたしの背中にお乗りなさい。いっしょに行きましょうよ」

親指ひめは、苦しい顔をして首を横に振りました。

野ねずみのおばあさんがどんなに悲しむか、考えてしまったのです。

それに、モグラの紳士はちっとも悪い人ではありませんでした。親指ひめにもやさしくしてくれました。

でも、野ねずみのおばあさんやモグラの紳士をよろこばせるためには、親指ひめは暖かい日の光と美しい昼間の世界を捨てなければならないのでした。

つばめが大きく旋回して仲間のところへ飛んで行ったとき、親指ひめは流れる涙を止めることができませんでした。

その年の秋のことです。とうとう親指ひめとモグラの紳士の結婚が決まりました。

親指ひめは毎日泣いていましたが、野ねずみのおばあさんとモグラの紳士は気にしませんでした。

「たいしたことじゃあないよ。マリッジ・ブルーというやつさ。誰でもなるんだよ。わたしも若い時、なったもの」

野ねずみのおばあさんは言いました。

「日の光はねえ、体に悪い。紫外線は殺人光線ですわ。私と結婚すれば、一生、お日様なんか見ないで快適にくらせるんです」

　モグラの紳士も言いました。

けれど、秋も深まり、日が短くなるにつれて、親指ひめはお日様の光と一生お別れなんて嫌だ、という気持ちが強くなりました。

「野ねずみのおばあさんにはお世話になったけれど、わたしは日の光を失いたくはないの」

　そう、親指ひめが叫んだ時、空から一羽のつばめが舞い降りてきました。

「つばめさん？」

「おひさしぶり。わたしたちはそろそろ、暖かい国へ飛んでいくのです。どうですか。決心がつきましたか？　わたしといっしょに行きませんか？　小さくてかわいい親指ひめさん。あなたの人生は、あなたが決めていいんですよ」

　親指ひめは、つばめの背中にまたがりました。つばめは飛び上がり、ゆうゆうと空を飛んで、海を越え、地球の裏側まで親指ひめを運びました。

　そしてとうとう暖かい国に辿り着いたつばめは、親指ひめを大きな白い花の上に下ろしました。

「仲良くなれるといいね」

そう言ってつばめは飛び去って行きました。

親指ひめは、なんのことだろうと思いましたが、隣の花の上にとても小さい人が座っているのに気づきました。

「あなたは、誰？」

「花の精だよ」

親指ひめと同じ大きさのその人は、背中に白いつばさをつけていました。

「きみも、つばさをつける？」

その人はとてもすてきなつばさを持ってきて、親指ひめの背中につけてくれました。

「きみの名前はこれから、親指ひめじゃなくて、マーヤだよ。親指ひめなんて、いい名前じゃないよ。きみは誰の親指でもないし、おひめさまでもないんだから」

「わたしたち、仲良くなれると思う？」

親指ひめ、いえ、マーヤはそう訊ねました。

「まだ、わかんないけど、なれそうな気がするな。ねえ、きみの話を聞かせてよ。どんな冒険をしてきたの？」

マーヤは話し始めました。

そこには、太陽がいっぱい輝いていました。

ところで、なぜこの話をわたしたちが知っているか、不思議に思いませんか？　そして、一人ぼっちになってしまった、あの、子供が欲しかった女の人のことが気になりませんか？

じつは、わたしはこの話を、あの女の人から聞いたのです。

女の人は、親指ひめを失くしてから悲嘆にくれていたのですが、悲しみをふっきるために、「魔女」の手伝いを始めたのだそうです。

なにしろその国では、女の人たちが、さんざん「産め、産め」と言われるにもかかわらず、育児放棄で置き去りにされる子供が過去三年間で五百人近くもいるのだそうです。魔女はそうした子供たちに魔法をかけて、子供を欲しがっている女の人たちのもとに送り届けていたのでした。

魔女の家の玄関にはつばめの巣があり、暖かい季節には毎年つばめが飛んでくるのです。女の人は、つばめから、親指ひめの冒険を全部聞かせてもらいました。遠い暖かい国に行ってしまっても、親指ひめがマーヤという新しい名前をもらって、楽しくくらし始めたことを知り、女の人はほんとうによろこんだのでした。

女の人は、魔女が連れてくる子供たちに、いつもこの話をしてあげるのです。

それで、わたしたちは、この話をすっかり知ることができたのです。

伏魔殿

——おとうさん、今日はなんのおはなしをしてくれるの？

——そうだな。水滸伝の話はもうしたっけかな？

——スイコデン？

——おもしろいぞー。おとうさん、大好きなんだ。

——して、して。

——そうだな。えー、昔々、ある国で、おそろしい病気が広まってね。数えきれない人が亡くなったんだ。大人も子供もみんな死んだんだ。

——いやだな、悲しい話？

——心配するな、冒険活劇だよ。

——それで？

――薬もお祈りもまったく効かないので、国を治める天子さまが、山のてっぺんに住んでいる偉いお坊さんを呼びにやらせたんだ。お使いに立ったのは、洪という人でね。

――コー？

――うん。洪さんという人がお山につくと、坊さんはツルに乗って都に飛んで行って、七日七夜のお祈りをしてくれたんだ。ところが一方、お使いに立った洪さんは山で妙な物を見つけた。

――妙な物って？

――うん、大きな錠前がかかり、お札を何枚も貼ってあるお堂でね、赤い板に金の文字で「伏魔殿」と書いた額がかかっているんだよ。

――フクマデン？

――昔々、何百年も何千年も昔の人がそこに魔王を閉じ込めたというんだね。洪さんは中が見てみたくってたまらなくなって、ついにそこを開けさせ、大きな石の板で蓋をしてある場所も、人をおおぜい使って掘り起こせという。「やめてください。ここは大昔から掘ってはならぬと決まっている場所です。掘れば必ず災いが降りかかります」。そうみんなが止めても洪さんは言うことを聞かず、好奇心を抑えられずに、とうとうそこを掘らせてしまった。そうしたら、そこからは、ありとあらゆる悪いものが飛び出して——。

——ああ、その話なら知ってるよ。学校で習った。

——ん?

——地中深くに埋めて何万年もお守りをしなくちゃいけない高レベル放射性廃棄物の話だろ。ぼくたちが大きくなったら子供たちに、子供たちはその子供たちに、「ぜったいにここを開けてはいけないよ」って伝えなきゃいけないんだって。でも、何万年も先までちゃんと話が伝わるのかな。何万年も先って、何語で話してるわけ? きっと遠い未来の誰かが開けちゃうよ。そしたら、ありとあらゆる放射性物質が、「飛び出してくるんだよ。プルトニウム239、ストロンチウム90、ヨウ素131、セシウム137、クリプトン88に、ポロニウム210、トリウム232でしょ、それからネプツニウム……

新しい桃太郎のおはなし

おじいさんとおばあさんは、その村に二人だけで暮らしていた。

おばあさんが川へ洗濯に行くと、桃色のプラスチックケースが、川をゆっくり流れてきた。中にはかわいらしい男の子の赤ん坊が入っていた。

ずいぶん長いこと子供を見たことがなかったので、おばあさんは嬉しくなって家にその子を連れて帰った。そして、どうしても自分の手で育てると言った。

柴刈りから帰ったおじいさんは反対したが、男の子の寝顔を見ると手放したくなくなった。二人はこの男の子を「桃太郎」と名付けて育てることにした。

桃太郎はすくすく成長した。薪割りの手伝いもできるようになった。ある日、おじいさんは桃太郎を呼んで言った。

——七つになったから、今日から字を教えよう。いつかおまえはこの村を出て行かなくてはならない。都会の大きい病院に行って検査を受け、独りで生きていく術を学ばなければならない。

桃太郎はおじいさんの言うことをすべて理解したわけではなかったが、一生懸命、字や算数を覚えた。桃太郎はよく勉強したので、蔵に長いこと積まれたままの、埃をかぶった本も読めるようになった。

十二歳の誕生日に、桃太郎はおじいさんとおばあさんにこう言った。

――じいちゃん、ばあちゃん、今日まで育ててくれてありがとう。おれは都会の大きい病院に行こうと思っている。

おじいさんは歯を食いしばってうなずき、おばあさんは声を上げて泣いた。

――この村はおまえが生まれるよりずっと昔に、とてもひどい鬼に襲われて、人が住める場所ではなくなった。わたしたちはもう年寄りだからここから離れなかったが、若いものはみな村を去った。おまえが川に現れたとき、すぐに遠い街に連れて行って置いて来ればよかった。おじいさんはそうしろと言ったけど、私はおまえを育てたかった。私のわがままのせいで、おまえは長いこと生きられないかもしれない。

――ばあちゃん、もう泣くな。なんにも言わなくても、おれはみんなわかってる。おれはじいちゃんとばあちゃんに会えてよかった。都会の病院に行くのには、理由がある。じいちゃんたちみたいに長生きできるかどうかわからないが、おれにはやりたいことがあるんだ。やり遂げたら帰ってくるから、それまで元気でいてくれ。

おじいさんとおばあさんと桃太郎は、抱き合って泣いた。

出発の朝、おじいさんは桃太郎に訊ねた。

――それでおまえ、やりたいことって、なんだね？

桃太郎は言った。

――鬼退治だ。

桃太郎は、ダチョウと豚と牛を一匹ずつ連れて、村を出て行った。

3　ライターズ・ワールド

国際動物作家会議

8月29日（土）

今朝、成田を発って、同日の昼過ぎにこちらに着く。時差というやつはなんとかならないのか。一日が三十時間もある。

今日から二ヵ月半、アイオワ大学の国際創作プログラムに参加することになっている。

世界三十カ国の作家が招聘される、四十年もの伝統あるプログラムで、出発前からわくわくし通しだったのだが、シカゴで国内線に乗り換えて、地元の小さな空港に着いたところで、すぐにつまずく。旅行鞄が、出てこないのだ。

それから、初日に気づいたのは、こちらではみんなが「アイオワ」ではなく「オイオワ」と言うことだ。これは、「マクドナルド」を「マクデノー」と言うようなもので、ネイティブの発音は、我々のカタカナ表記とかなり違うと覚悟しなければならないだろう。たとえば「レモン」と言いたければ、「ラーメン」と言ったほうが通じる。まあ、そんなことはいくらでも思いつくが、書いてもしょうがない。

某雑誌に「トラベル・イン・アイオワ」というタイトルの日記を掲載する約束をしているのだけれども、これはやはり、土地っ子の発音通り、「トラベル・イン・オイオワ」としてもらうつもりだ。それにしても、我々の鞄は、いまごろどこを旅しているのだろうか。

これでは、「トラベル」も「トラブル」と改めなければならない。

空港には、私のほかにもう一人、オーストリアから参加しているアンドレアスがいて、彼の荷物もなくなったらしい。私はシカゴのトランジットのときに確認しているけれども、アンドレアスは、ウィーン、フランクフルト、シカゴと乗り継ぎが多く、事態はもっと深刻だ。不精髭を生やし、Gジャンにストーンズのピンバッジをしている。ドキュメンタリーフィルムの監督だそうで、「作家じゃないのか?」と聞いたら、「作家だ、作家だ。ドキュメンタリーなんてものは、食えないんだ。ひとつ作ったら、それを本にしてテレビにしてラジオにしてって、いくつも形を変えて稼がないと元が取れない。それにしても俺の荷物はどこへ行ったんだ。靴下が入っているんだぞ」と、やかましかった。いちばん大事なものは、靴下ではあるまいに。

空港に出迎えてくれたドライバーのジョンは、「よくあることだ。明日か明後日には届く」と悠長。見上げるばかりの大男で、アメリカでなければこんなでかいのは育つまいと思う。背の高い人が多いと思われるオーストリアから来たアンドレアスもさすがに驚き、でも、「おまえのところにはいるんだろ。その、なんていうんだ、スモーってのが」というのだが。相撲取りだって、あんなにでかいのはいないと答えたら、そうだろうなと納得した。

疲れた。部屋で休むことにする。大学構内にある、同窓会経営のホテルだとか。学士会館のようなものか。

夜、とりあえずダウンタウンへ行ってみる。

インド料理レストランでトイレに入ったら、便器が二つあった。

それがなにか？　と思うかもしれないけれども、ドアが一つで、便器が二つ。つまり、ドアが一つで。要するに、こう、二人同時に。

誰が入ることを想定しているのか。

8月30日（日）

アイオワ大学から来た手紙にあった、「キャンパスを流れる川が望めるスウィートルームにご滞在いただく」という話は嘘だったらしい。同窓会経営ホテルの、私の部屋は反対側なので、川どころか、裏の物置が見えるだけだ。しかも、昨年の洪水の修復がまだ終わっていないので、がんがんがん工事の音がする。「好きなだけ執筆に没頭できる環境」という謳い文句も、もはや信じられない。荷物が来ないので、アンドレアスと二人でダウンタウンに買い物に出かけた。二人とも着のみ着のままではいられない。

構内を、リスが走っている。野兎もいた。真っ赤な鳥がいるのだが、あれは何という名前なのだろうか。

ダウンタウンと言っても、大学構内の小さいショッピングモールで、大学関連の品しか売っていない。しかたがないから、アンドレアスと二人で、大学のフットボールチームTシャツを買う。なんとなく間抜けな感じ。ペアルックに見えないように違う色にしようと思ったが、黄色しかない。胸のあたりに大きく「University of Oiowa」と書いてある。なるほど、ここの地名は「Iowa」ではなく「Oiowa」らしい。日本にいたとき聞いた地名はたしかに「Iowa」だったのだが。まあ、細かいことなので気にすまいと思う。

8月31日（月）

今日は、オーストラリアから参加しているアリスという女性作家に会った。

彼女の両親はカンボジア移民で、母国を脱出してたどり着いた南半球の陸地は、まさにワンダーランドだった。そこで、生まれたばかりの娘に「アリス」と名付けた。アリス・イン・ワンダーランド。妊娠八カ月の身重で難民キャンプを出るとき、アリスのお母さんは「四カ月だ」と嘘をついた。正直な申告をすれば、夫と引き離されてキャンプに残されてしまうからだ。その話を聞いたときは、胸が詰まった。

しかし、だからといって、アリスも、青いワンピースに白いエプロン、頭にヘアーバンドという姿はどうなんだろう？　アリスの眼前を野兎が走っている。

キャンパスを横断して流れるオイオワ川に浮かぶ鴨も含め、学内の動物率の高さは特筆ものである。牛、馬、羊。前述の野兎、リス、レッドバード（アリスに名前を聞いたら、そのまんまの答えが返ってきた）、ハト、カラス、蛙、すずめ。。。ハト、カラス、すずめなど、珍しくないはずだけれども、こちらではなんだか日本と様子が違って、どれもが少しずつ大きい。動物がちょっとずつ大きい話といえば、子どものころに読んだナルニア国物語を思い出す。

「キョウコ、アンドレアス、急いで。プログラム・オフィスに三時なのよ。『三月兎のお茶会』に遅れるわ」

アリスが呼びに来た。物書きは、どこの国の人でも、だいたいこんな冗談が好きらしい。作家ばかりが集まるプログラムというのは、とても楽しみだ。

9月1日（火）

自分の想像力の範囲内では、ちょっと受け入れがたいことが起こっている気がする。

しかし、アンドレアスが言うには、アメリカの真ん中、中西部とかコーンベルトとか、南のほうのディープサウスなどは、東や西の海岸沿いの大都市とはものすごく違っていて、何が起こってもおかしくないのだそうだ。

「つまり、あなたは、しゃべって物を書く動物の存在を信じるということ？」

と、私が尋ねると、

「そりゃ、驚いたよ。でも、信じられなくはない。きみはアメリカのでかさを知らないよ」

と、ひどく悠長に構えている。

ドキュメンタリー作家としての長い経験に照らしてみて間違いがないというから、私も年長者の彼に従うしかない。こういうところに来ると、平和な日本でぼんやりと育っている自分が、非常に頼りなく思える。アリスはどう考えてもずっと年下のはずだが、あの妙な服装を別にすると、非常に大人で、しっかりしている。「井の中の蛙」という紋切り型表現を思い出す。しかし、そんな表現があると知ったら、蛙は怒るだろう。

しかし、何度考えても、どうしてもわからない。

今年のプログラムに、人間の参加者が三人きりというのはいかがなものか。牛、馬、羊。前述の野兎、リス、レッドバード、ハト、カラス、蛙、すずめ。。。。 すずめ？

9月3日（木）

あまりに妙なことばかり起きるので、丸二日ほど、熱を出して寝込んでいたのだが、アリスと野兎のヨンスーがとてもやさしく、今日は霧が晴れたように気分がいい。なにしろ四十年以上もの、伝統のあるプログラムだということは、ディレクターのクリスがあれだけ請け合ったのだから、くだらないことをいつまでも悩むなという、アンドレアスの忠告に従うことにしよう。

しかしどうして、私より以前にこのプログラムに参加された島○雅○先生や、水○美○先生や、中○紀先生は、これが動物作家たちの集まるプログラムなのだと、エッセイに書いておいてくれなかったのだろうか。そういえば、子どものころにケストナーの『動物会議』という本を読んだが、あれ、もしかしたら実話なのか？

おそらく、水○先生は、日本語の将来を憂えることに忙しく、書ききれなかったのだろう。いずれにしても、考えるのはやめる。時間の無駄だ。だいいち、第一回めの参加者である、田○隆○先生は、このプログラムを題材にした詩に、参加者の多くが動物だということを、書いていらしたような気もする。手元に資料がないのでうろ覚えだが、なんだかそんな気がしてきた。「あばよ、カバよ、アリゲーター！」という、あの有名な詩は、たしか友達になった南米出身の河馬に捧げたものだったのでは？

それよりなにより腹が立つのは、講堂に集められて行われたオリエンテーションの類だ。プログラムの説明ならいい。当り前のことだろう。

しかし、大学が雇っている弁護士だとかいう牛のおっさんが出てきて、「酒を飲むな。飲んで歩くな。酔って人を殴るな。道端に吐くな」と、ティーンエイジャー向けの説教まがいを始めたのには呆れた。わざわざパワーポイントまで使って、「これがマリファナです」とヤツデの葉みたいなものを見せてくれたりする。

これをやると罰金、これをやると豚箱行き、これで間違いなく監獄暮らしと、いちいち「してはいけないこと」を説明してくれるのだが、頭から犯罪者予備軍のように扱われて、なんとも不愉快である。

最後には、「逮捕されたときの心得」なんてのまで聞かされた。牛は（たしかトムとかジムとか、そんな名前の）「どんなことがあっても、また、事件を起こしたという自覚があっても、絶対に『否認』すること。いいですね。一度認めてしまうと、ひつくり返すのが難しいんです。刑期も長くなる可能性がある。ともかく『否認』して弁護士を呼ぶ。これだけは忘れないでください」と強調する。

アンドレアスと二人で、「牛に言われたくないね」と、鼻息を荒くしていたら、時代小説を書いているバッファローのフェドスが、注意を促す咳払いをした。

ほんとうに、ここにはいろんな動物が来ているから、気を遣う。

ふと思いついたが、ここでは「豚箱」とか「虎箱」とかいう言葉を遣うのは避けようと思う。豚の参加者はいないけれども、虎のヤッサーは怒るかもしれない。

怒るといえば、オリエンテーション中に、蛇のフロイスが首を伸ばして、断固たる口調で抗議を始めた。

「私たちにとって、飲酒は創作と切り離すことのできない大事な習慣である。作家を集めておきながら、飲酒をとやかく言うなんて、お門違いもいいところではないか」
ルールを守って飲んでくれればいいんだとかなんとか牛が言い、その場は紛糾。

9月4日（金）

この街に滞在する作家として、朗読会、パネルディスカッション、「世界文学の今」という講座でのスピーチに関しては、「義務ではない」というふれこみだけれども、逃げられる感じがしない。すでにスケジュール表も配られた。私の順番が来るまではまだ間があるのだけが救いだ。それはさておき、今日は、我々のグループで最初の朗読会があった。猫のサヘルの詩は、とてもパワフルだった。彼はとてもスレンダーで、猫科の、もっと大きな動物を思わせる堂々とした威風がある。紛争地から来ているので、詩の内容も、彼の国の事情をうたっているのだけれども、静かに、窓の外を眺めながら、かつて愛した雌猫のことを思い出す詩には、強く胸を打たれた。

それにしても。

オイオワに来て、こんなことばかり考えるのは不思議だが、自分は平和な国に生まれ、安全な国に育ち、豊かなものに恵まれていると、つくづく思う。

朗読会から宿舎に帰るときに、虎のヤッサーといっしょになった。

「きみ、我々と駱駝の国の長年の対立について、少しは知ってるだろ?」

実際のところ、ほかの動物と合同プログラムだという事実に慣れるのでせいいっぱいで、そのあたりの知識は非常に自分としては自信のないところであるが、ヤッサーがあんまりとうぜんのように言うので、こちらにも見栄とか沽券があるから、控えめにうなずく。駱駝と虎? 駱駝と虎。駱駝と、虎?

「駱駝と豹に関しては、わかるね?」

「ええ、もちろん」

と、私は答えた。ほかになんと答えたらいい?

「駱駝のフーラはとてもいい人だよ。それはわかってるんだけど、でも、いっしょにいて居心地がいいってわけじゃあないんだ。長い、対立の歴史があるからね。もちろん、いま現在、僕らと駱駝の間には、緊張はあるけど戦闘はない。その点は、豹とは違うけれど」

できるだけ重厚な表情でうなずいておいた。彼らとの会話は、ほんとうにいろいろ考えさせられる。

少なくとも、私の国が七十年近くの間、戦闘を知らずに過ごし、どこにも敵を作ってこなかったことは、評価に値する。そのことはもっと、大事にされていい事実のように思う。虎とも豹とも駱駝とも友達になれる自由さに感謝すると同時に、自分がいかにほかの生物のことを知らないか、常に思い知らされる。

「私の故郷の川はね」

キャンパスの中央を流れるオイオワ川に目をやって、鴨詩人のミリーは言った。

「もっと、ずっとずっと澄んだ水で、砂と小石が透けて見えるわ。空の色を映して、いつもとても青いの」

「きれいなところなのね」

そう相槌を打つと、満足げにうなずいた後、

「きれいよ、とても。経済と政治もね」

皮肉だとわかるように、ミリーは鼻の頭に皺を作ってみせた。

9月5日（土）
荷物が来ない。アンドレアスは半ばあきらめ気味だ。オイオワ大学のカレッジTシャツや靴下ばかりが増えて行く。下着は洗ってもすぐ乾くけれども、靴下は時間がかかる。「靴下がないと困るんだ」と怒っていたアンドレアスの気持ちがわかってきた。
今日はハナの誕生日。ハナはHoopoeという、赤い鶏冠（とさか）をもつ美しい鳥で、辞書を

調べると「ヤツガシラ」と出てきたのだが、ヤツガシラとは里芋の一種ではないのか。ともかく、おしゃれなハナはモノトーンの羽を磨いて、みんなに「誕生日なの」と言ってまわっている。なにかしなければならないだろうと思い、私と熊のマクシーヌは誕生会を企画した。宿舎の一角の共有スペースに、お酒とちょっとしたスナック、切ったトマトなどなど。

ハナは楽しそうに、美しい羽を持つ鳥ならではのダンスを披露してくれた。鴨詩人のミリーも、お尻の振り方が堂に入っている。鳥たちはさすがに、ダンスがうまい。ハナは短編作家だが、故郷では医者もしているというインテリだ。フラミンゴのアジムが、亡きマイケル・ジャクソンを偲んでムーンウォークを披露してくれた。フラミンゴのムーンウォークには、感激である。なかなかお目にかかれるものではない。このお調子者の脚本家は、自らメガホンもとれば俳優もこなすという多才。

パーティーは大成功で、私はマクシーヌと二人で我々のオーガナイザーとしての腕の良さを讃えあった。ちなみにマクシーヌは小説家で、お母さんも熊の世界ではたいへん著名な作家だそうだ。ヤングアダルト小説家として名を成したのだが、近年になって大人の読者を対象にしたものも書き始め、その赤裸々な性表現には高い評価が上がっているらしい。

「でも、娘としてはね」

マクシーヌはとても困った顔をした。

「知らなくていい情報が多すぎるわよ。おかげであたしと妹は、ものすごく保守的になっちゃってて。『ピーチにしっとりと食い込むキュウリ』みたいなこと、母親の表現で読まされる身にもなってみてよ」

たしかにお気の毒な話ではある。

9月6日（日）

しかし、ここに来て一週間にもなるというのに、旅行鞄がちっとも届かないのも気になる。どうなっているのか。成田で預けた荷物とは別に、冬物一式を宅急便で送ってあるのだが、それもまだ着かない。なんだか曜日の感覚もめちゃくちゃになってきた。いったい私はどこにいて、何をしているのだろうかという、大きな疑問がふいに頭をかすめる。

しかし、その漠然たる疑問さえ払拭すれば、こんなに幸福な時間を持てるのは久しぶりだと感じる。ちょうど、十二年ほど前に、会社員をやめて一年間遊学したことがあるのだが、あれの最初の時期に感覚が似ている。見るものすべてが珍しく、楽しく、それでいて、時間はひどくゆっくり流れる。目の前のオイオワ川が、水藻を載せて流れるように、ゆっくり、悠然と流れる。

私は本来、人と知り合うのにかなり時間のかかるタイプだ。それなのに、着いて数日ですでに、ここにいる動物たちとまったく距離を感じなくなった。まるで高校の同級生かなんかのようだ。物書きだというたった一つの共通項が、私の中の垣根をすっかりとっぱらってしまった。

オイオワ川のほとりの、唯一許されたスモーキングエリアで、虎と蛙がたばこを吸いながら、「クンデラ、フランス語で書くようになってから駄目になったよね」なんて話をしていたりするのだ。

日本にいたときは、「物書きだ」という理由で友達になれるなんて、思いもよらなかった。むしろ友達にはなれない気がして、同業者には近寄らないようにしていた。考えを改めたほうがいいかもしれない。

9月7日（月）

今日は、「レイバーデイ」（勤労感謝の日みたいなものか）で、大学はお休み。土曜日からの三連休は、ハイスクールを卒業して大学に入った子たちが、初めて帰郷してママのごはんにありつく週末だ。日本のちょうど、ゴールデンウィークのようなものかもしれない。

ごはんといえば、唯一恋しいのは、やはり日本の食事だろうか。ピザとホットドッグとハンバーガーでは、なんとなく食事というより餌じみていて、落ち着かない。野菜が食べられないのも困る。

大学構内の雑貨店で、電子レンジクッキング用のキッチンツールを手に入れ、近所の自然食屋で野菜を少しとエビを買って、初調理に挑戦した。刻んだニンニクと玉ねぎ、ざく切りのトマトにエビ、オリーブオイルと塩こしょうを加えて、レンジに三分ほどかける。

コメは洗って、同量より少し多めの水を入れ、やはりレンジにかけてみる。こちらは、時間設定も蒸らしも、なにもかもがいい加減だったので失敗したが、少しふやけた硬いコメを先ほどのエビに加えて、もう一回レンジにかけたら、なかなか味わい深い、アルデンテのリゾットができあがった。明日はしょうゆ味に挑戦しよう。

あとは炊飯器でもあれば、食もなんとかなりそうだ。ともかく、オイオワでの生活準備は整ったといっていい。

この機会に、いろんな動物作家たちを知ることができるのは、大きな楽しみだ。

明日のリーディングは、脚本家のマリウスと詩人のミーナ。マリウスは馬の国から、ミーナは尾長の国からの代表だ。

9月8日（火）

楽しみにしていたリーディングがあるというのに、私とアンドレアスは急にオフィスに呼び出された。山羊のクリスが髭を撫でながら、「きみたちの荷物の行方がわかった」というのだ。やれやれようやく一安心と思ったのもつかの間、あんなことを言われるとは思わなかった。

「きみたち二人は、ほんとうはアイオワ大学の国際創作プログラムに参加しているはずだったのだが、何かの間違いで、我々のプログラム、オイオワ大学の国際動物作家会議に来てしまっていたんだ。アイオワのヒューーから、早く二人を送れと要請が来ている。荷物は持ち主より先に到着しているから、安心したまえ」

もう何もかもが信じられない。

すっかり友達になったつもりで、これから二カ月半、仲良しの動物作家たちと、どんなことをいっしょにできるだろうかと、それればかり考えていたのに！

気がつくと涙がぽろぽろ出てきて、ちっとも止まってくれない。

「俺は行かないぞ」と、アンドレアスは言った。「こっちのほうが断然面白い。もうすでに、カメラを回し始めているんだ。すごいドキュメンタリーになる。この機会を逃すなんて俺はごめんだ。旅行鞄いっぱいに詰めてある、ローリングストーンズのTシャツはあきらめるよ。あんなものはまたどっかで買えばいい。それに、俺たちがいなくなったら、人間の参加者がアリス一人になっちゃうじゃないか」

まったくだ。私もここを離れたくない。少しだけ、ほんの少しだけ、何かがわかりはじめたのに、いまさらアイオワに行けなんて、冗談じゃない。だいいちアイオワってどこだ。オイオワとどう違うのか。

「行きません」

と言うと、山羊のクリスは渋い顔をした。

9月9日（水）

私たちはシカゴ空港まで戻されてしまった。ここでアイオワ・シティ行きの便に乗り換えるのだ。デカ男のジョンの運転する車に乗り込むとき、アリスや、野兎のヨンスーが、別れを惜しんで泣いてくれた。私もあれからずっと泣きっぱなしだ。こんな気持ちでアイオワに行けるのだろうか。

しかし、このほんの短い間でも、何か学べた気がする。私はこの、動物作家たちとの日々をいつか小説に書くだろう。

ところでアンドレアスの姿が見えないが、彼はどこに行ったのだろう。

果たして私はアイオワとやらに、無事たどり着けるのだろうか……。

寒山拾得

藝大美術館で「夏目漱石の美術世界展」というのをやっていたから、ちょうどわけあって『草枕』を読み直した直後でもあり、上野公園方面に外出をした。人の集まるところでは何があるかわからない。昔働いていた雑誌社で隣の席に座っていた男の同僚が、相合傘に若い女の子を入れて歩いてくるのに出くわした。平日の昼間に相合傘だから、声をかけるのも無粋だろうと思って、何も言わずに見送ったが、一週間ほど後に共通の友人である某私立大学の社会学の准教授といっしょに暑気払いをすることが決まっていたから、会ったらからかおうと楽しみになった。准教授のご指定で、日比谷公園に期間限定で現れたビアガーデンに集合した。なんでも夏至に行われる節電イベントの一環で、一人が一部屋でクーラーをつけるようなことはやめて、複数で涼しい場所で過ごす「クールシェア」という催しなのだそうで、ビアガーデンにはけっこうな数の参加者が集まり、ビュッフェ形式の料理と飲み物とおしゃべりに興じていた。

「平良さん、先週の水曜日に上野公園を女の子と歩いていたでしょう」

枝豆を口に抛り込みながらそう言うと、元同僚の平良氏は一瞬きょとんとしてから鼻を膨らませて照れ笑いをした。

「やだなあ。見かけたなら声をかけてよ」

「だって、お邪魔かなと思ったんだもの」

「いやあ、ラファエロ展が終わりかけてたもんだから」

「あぁ、ラファエロね」

ラファエロが、ラファァレファでもなんでもいいような口調で准教授は相槌を打った。

「ラファエロ展に行きたいんですよぉって言われちゃってね」

「おぉ、僕も行きたかったんだ、ラファエロだろ、みたいなね」

「ちょうどよかった、ラファエロな、って感じね」

「いまどきの若い子は、草食の同世代より四十代を好むわけだよ」

「いくつなの、こんどの子は」

「見た目、三十代の初めくらいだったわね。ＯＬさんぽい子だった」

「平良くんはいつもＯＬだろ。で、どうだったの」

「なにが」

「ラファエロだよ」

そこで私たちはみんなでぷふふと笑い、平良氏は二杯目のビールを取りに立った。愛想よく私と准教授にもお代わりを取ってきてくれた平良氏は、それがね、と唐突に話を続けた。

「展覧会を出て、雨も小降りになったからって公園散歩してたら、ラファエロの『キリストの変容』のキリストそっくりの外国人に出くわしちゃって」

「『キリストの変容』って、ラファエロの遺作の？　それも上野に来てたの？」

「いや。その絵は来てなかったんだけど、図録に載ってた写真を見た直後に外で見かけたのが、キリストそっくりのイタリア人だよ。噴水のあたりを歩いてたら、彼女が急に僕の腕をつかんで傘を開こうとするもんだから」

「傘を」

「そう。なんでそんな不審な動きをするのかと思ったら、知り合いだって」

「キリストと？」

「キリストと。前にものすごい風邪を引いたままクラブに行ったときに出会って、次に会ったら、おまえに風邪を移されて死ぬかと思ったって因縁つけられて怖かったって言うんだけど、風邪移すようなどんなことをしたんだよと、こっちは思うよね」

「あぁ、そうね」

「で、冷めちゃったんだ？」

「いや、まあ、まだ、そこまでは」

「じゃ、進行中？」

准教授が好色そうに目を細めると、平良氏はスティック野菜をポリポリ噛んだ。

「いまの話って、なんだかあれよね、芥川龍之介の『寒山拾得』みたいじゃない？」

「カンザンジットク？」

「それを言うなら『南京の基督（キリスト）』だろ」

「なんだよ、知らないよ、両方とも」

「南京で売春婦してる信心深い少女が梅毒になっちゃって、キリストそっくりの男に移したら治ったんで、ああキリスト様が治してくださったって思う話。有名な短篇」

「でも、ほんとはキリストでもなんでもなくて、ただの少女買春の下種男（げすおとこ）なんだけど、そのことは言わないでおこうって、語り手の日本人旅行者が思うんだよね」

「似てるかな、その話といまの話？」

「だから、そっちじゃなくて『寒山拾得』のほうが似てるんだって。芥川龍之介が夏目漱石に会いに行ったら、いま護国寺で仁王を刻んでる運慶を見ちゃった、みたいなこと言われて、なに言ってんだ、この先生は、と思いながら電車に乗って、ふと窓の外を見ると、寒山と拾得っていう、禅画に出てくる乞食坊主みたいな二人連れを見ちゃうの。それで乗り合わせた隣の客かなんかに、本物かって訊くと、本物の寒山と拾得だよ、よく見かけるね、師匠の豊干（ぶかん）禅師もよく象に乗ってそのへんにいますよ〜、みたいなこと言われちゃうって話。あれ、短篇なのかね、エッセイ？」

「なあ、似てるか、その話と僕の話？　あんたがた二人とも、僕の話のポイントをかなり外してないか？」

「実はね、私はちょうどあの日、ラファエロ展じゃなくて夏目漱石の美術世界展を見に行った帰りだったわけ。それで、そういえば外へ出たら伊藤若冲（じゃくちゅう）の描いた達磨（だるま）そっくりのおっさんがお腹だして歩いてたなって思い出したの。ね。漱石で始まって、絵の中の人物がどんどん現実を歩いてて、芥川の『寒山拾得』そっくりじゃない？」

「なんだ、自分の話かよ」

「『寒山拾得』は、芥川じゃないよ。ありゃ、森鷗外だろ」

と、准教授は口を尖らせた。

「違うー。芥川ー」

「鷗外だってば。閭（りょ）とかっていう地方官吏が、その、象に乗ったりする豊干禅師に頭痛を直してもらって、すっかり豊干に心酔して、他にはどんな偉い僧侶がいるかって訊くと、寒山と拾得というのがいる、実は文殊（もんじゅ）と普賢（ふげん）だから会うといいって言われるんだよ」

「ああ、なんか思い出してきた。教科書に載ってた気もする」

「それで寺に行って寒山と拾得はどこにいますかって訊くと、寺の台所で下働きしてる拾得っていうのと、その友達で残飯をもらってる寒山ってのに紹介されて」

「私はこれこれの地方官吏のトップでございます、みたいな自己紹介するんだよね」

「そうすると、おまえ、豊干に聞いてきたんだろ、と鼻で笑いながら、寒山と拾得は逃げて行き、残された地方官吏にお椀や箸を手にした坊主たちがぞわぞわ近づいてくるっていう、妙な場面で終わるんだ」

「その、いまのは――」

「安心して。もうすでに平良さんとキリストに風邪を移した三十代女子の話からは、とっくに離れてるのよ」

私たちはビールのお代わりをし、ソーセージや焼きそばやチキンウィングを調達し

て、また、おしゃべりに戻った。

いつのまにか平良氏の日中デートの話ではなくなり、森鷗外の『寒山拾得』は変な話だという話題に移っていた。

「誰かに聞いたことを鵜呑みにして偉いと思うのでは意味がない、ってところはわかるんだが、寒山と拾得がただの乞食坊主の下働きなのか、それともやっぱり文殊と普賢なのかがよくわからないんだな」

うなずこうと思って話者を振り返ると、私たちのテーブルに座り込んでチキンウィングをつまんでいるのは、准教授でも平良氏でもなくて、ゴーグルのような大きな黒いサングラスをかけた六十がらみの男性だった。

しかしそこは、誰が誰のテーブルでもないような、パーティー形式の出会いの場だったから、それがおかしいということもないのだった。

「いやあ、それはやっぱり文殊と普賢でしょう」

「それならやっぱり偉いんじゃないか。文殊と普賢といったら、菩薩だよ」

「だから、偉い人が偉いのは変わらないんだけれども、どこが偉いのかさっぱりわからないのに、『菩薩だから偉いんだ』と言われて拝んでも、あんまり意味はないと、そういうような話でしょう」

「一万何千カ所も点検洩れが出たりする、あんなものに、文殊だ普賢だって、恐れ多くて、とんでもないだろ。そのこと考えると死んでも死にきれないね」

「なんの話ですか」

「原子炉」

「鷗外は『寒山拾得縁起』っていう解題だかエッセイだかも書いていてね、子供に寒山が文殊で拾得が普賢だっていうのを説明しようとして困った挙句、『実はパパアも文殊なのだが、まだ誰も拝みに来ないのだよ』と結んでいるんだね」

「いまなら拝むだろ」

「拝むよね」

「拝む」

「鷗外神社でも作って、大学受験の絵馬でも売れば絶対に拝んでもらえる」

「あの人、まだお札にはなっていないの？」

「まだだね。樋口一葉よりは、いい札になると思うんだが」

「札になれば拝む人はもっと増えるね」

「本人も『まだ拝みに来ない』と書いてるんだから、将来は拝まれるとわかってたんじゃないかな」

どうでもいいような話を続けているうち、いつのまにかサングラスの男はいなくなっていた。ビールのジョッキを口から外して、准教授は、あっと声を上げた。

「思い出した！　いま、ここにいた人、つかこうへいさんだよ！」

「本人？」

「んなわけないだろ、死んでるよ」

「昔、書いてたんだ。文殊だ、普賢だって、いいかげんにしろ、仏様だぞって。なんという小説だったかな」

「どういうこと？」

「だから、原子炉だよ。もんじゅ、とか、ふげん、とか、菩薩の名前をつけて、あんなものを作っている人類の傲慢に、とうとう仏様が激怒してって、そういう内容だったな」

「つかさんは偉いよね。闘ってたもの」

「で、ほんとに、いまの人は、つかさん？」

「いや、だから」

「それより、なんであいつがいるんだよ！」

平良氏は、不機嫌に眉をひくひくさせた。

「あいつって？」

「上野のキリストだよ！」

平良氏の視線の先には、長い髪をふわふわとなびかせた西洋人が、器用に箸を使って焼きそばを食べていた。

「あ、ラファエロ？」

「あの野郎。なんだって、こんなとこに」

「偶然って重なるもんだね」

「本人かどうかわからないでしょう」

「いや、つかこうへいはまだしも、キリストが本人ってことはありえない」

「そうじゃなくて、上野で平良さんが会った人かどうか、わかんないってことよ。金髪を長くした外国人なんて、みんな似たような感じに見えるじゃない」

「というか、ここは公園だからね、聖職者系の人が集まりやすいんだよ」

准教授はこともなげに言う。

「聖職者系？」

「うん。キリストもそうだし、寒山と拾得もそうでしょう。ほら、髪がぼさぼさだったり、服もぼろぼろだったりして。それが箒だの巻物だの持った日にゃ」

「言い換えると、レゲエ系ということ？」

一年でいちばん長いはずの日も、さすがに陰ってきて、ウェイターが各テーブルにキャンドルを置いて回る。

「それよりもあれだな、『寒山拾得』に話を戻すとさ、なんで昔の小説家はあればっかり主題に書いたんだろうな。芥川と鷗外だけじゃないんだ。井伏鱒二も書いてる」

「井伏鱒二のはどんなの？」

「なんだかね。井伏鱒二と友人の画家が、寒山と拾得の真似をして『げらげらげら』と笑うところだけが印象に残ってるね」

「『げらげらげら』？」

「うん。ほんとにこう、『げらげら』って」

「こんな感じ？」

私は自分のイメージの中の禅僧の笑いを再現すべく、にかっと笑顔を作ってみせたが、反応に困った二人の友人はなにも言わなかった。

「擬音がね、『げらげら』なんだよ」

「音を出すということ？　こんなふうに？」

続けて私は「あっはっは」と音も添えてみたが、友人たちは満足しなかった。

「違う、違う。だからさっきから言ってるように、『げらげらげら』って言うんだよ、二人で、何度も」

「『げらげら』ってのが、笑う声なのか」

「人は『げらげら』って笑わないいんじゃないの？」

「『げらげら』とは笑わないな」

「げらげら」

准教授は平良氏の擬音を聞き流して周りを見渡し、

「老人が多いね」

と言った。

「センセイの招集だから、女子大生なんかが来ると思ったのに」

と、平良氏が言い、

「いいじゃない、平良くんはいつも若いOLさんとつき合ってるんだから。たまには老人たちと飲むのも」

と、准教授が言った。

「ねえ、あそこにいるおじさん、若冲の達磨にそっくりじゃない？」

「そういやあ、見回すとかなり大勢いるねえ、寒山拾得」

「どうなんだ？　今夜はラファエロといい、聖職者系が多すぎないかな」

「まあ、いいじゃないの、たまには」

「こうなると、象に乗った豊干もそこらへんにいるような気がするね」

じゃあ、聖職者系に、と准教授は言って、私たちは夏至の夜の六杯目のビールで乾杯をした。

富嶽百景

　津軽、というタイトルにしてもよかった。そう思ったのは、津軽に行ったことがあるからだ。しかも私は、越野たけさんとお会いしているのである。『津軽』は、太宰治の自伝的要素の濃い作品で、子どものころ世話になった女中の「たけ」に会いに行くラストが印象的なのだが、「ダザイ」だってもう遠い昔に死んでしまった作家だし、その幼年時代の記憶に登場する「たけ」さんに会ったなどと言えば、いったい私は何歳なのだろうと、読者は思われるかもしれないが、たかだか四十二歳である。

　行ったのは高校生のときで、女子高校生ばかり五人くらいで、私たちは津軽の金木（かなぎ）町を訪ねた。たぶん、アイちゃんが行こうといったんだろう。アイちゃんは、ダザイオサムが好きだった。

自分はダザイが特別好きというほうでもなかったけれども、若いときの読書なので、やはり、それなりに心に残っている。

しかし、『津軽』にしても、「ね、なぜ旅に出るの？」「苦しいからさ」などという会話を目にしただけで、照れくさくて、なんだか体中をボリボリ掻きたくなってくるようなところがあって、（苦しいなら寝てろ、健康になってから歩け、いちいち同情引こうとすんな、誰が何歳で死のうがどうだっていいじゃんか、「これ以上は言わん。」言うと、気障になる。」って、気障だかなんだか知らないけど、もう、なってるよ！）と、当時は思ったものだ。

「生まれて、すみません」（『二十世紀旗手』）も、「恥の多い生涯を送ってきました」（『人間失格』）も、それはもうはっきりと十代の羞恥心に抵触しまくり（作家の自意識過剰に耐えられない、と思うこっちの自意識も過剰、という年齢だったんだろう）、「ダザイが好きなんて、大きな声では言うもんじゃないだろう」などとくだらないことを、わりと本気で考えていた。

近年、文学界は十代が支えているのだそうで、つぎからつぎへと若い逸材が発掘されている。若くて美しい現代文学の担い手たちがきりりとした目をして「ダザイが好き」と言ったりするのを見て、世の中は変わったのかな、私の高校生のころは、小説書いてる女子なんて、あんまり美貌な感じがしなかったな、と思ったりしたけど、考えてみればアイちゃんは背の高い大柄な美人だったし、ひょっとしたら、いつの時代も「ダザイ好きは美人」だったり、するのかもしれない。

当時、越野たけさんはおいくつだったのか。太宰治が一九〇九年生まれで、彼が三つのときに十四歳で奉公に来たと『津軽』に書いてあるから、いま生きていれば百八歳だ。しかし、私が高校生だったのは二十五年くらい前の話なので、計算するとまだ八十代前半。ご高齢ではあるが、お元気で不思議はないお年だ。太宰が早く死んだために、人の年齢がときどきわからなくなる。

五所川原(ごしょがわら)からはバスに乗った。

ダイヤが一時間に一本だったか、もっと少なかったか、とにかくそれを逃したら相当な時間待ちぼうけを食わされるというので、運転手に向かって「止まってぇ〜」と叫びながら、制服の少女たちは大またで走って、行くバスを追いかけた。

バスは、やや起伏のある、細い舗装されていない道を通ったように覚えている。季節は夏だったと思う。いいお天気で、「初めて乗る知らない土地のバス」がなんともいえずうれしくて、うきうきした。

金木の斜陽館(太宰の生家だったここは、私がそこを訪ねた八〇年代当時、旅館になっていた。いまは、町が買い取って太宰記念館になっている）までは、徒歩数分の距離だったはずだが、方向音痴ばかり揃っていてなかなかたどり着かず、道を歩いているおじいさんをつかまえて訊ねたのに、津軽弁が宇宙語みたいで見当もつかなくて弱った。

「おずぃさんは、太宰よか、七つばっか、年上」

それだけが、我々が聞き取れたおじいさんの発言だった。

ともかく金木町はどこへ行っても太宰で太宰で、キーホルダーも饅頭もぜんぶそう、という典型で、おじさんも娘たちが何を目当てにやってきたかはわかったというわけだ。

おそらく、「あっづ」へ行けとか「こっづ」へ行けとか、言われたんだと思うが、何一つわからなかったので、行き当たりばったり歩いてたどり着いた。たしか、その旅館に、「越野たけ」さんはおられたのだ。

旅館の一室、小さいお部屋の、小さいお座布団の上に、小柄なたけさんは座っておられて、東京に帰ったらレポートを提出せねばならない女子高生たちの質問を、のらりくらりとかわした。「太宰はどんな子供でしたか？」とか、「たけさんは一生懸命お勉強を教えられたと『津軽』に書いてありましたが、どんなふうに教えましたか？」

とか、「太宰はよくできましたか?」とか、「太宰が作家になったとき、うれしかったですか?」とか、一生懸命アイちゃんはたけさんに聞いたが、お耳が遠いのか、質問がピントを外れていたのだか、あまりはかばかしく答えが返らなかった。

そのため、たけさんが何をおっしゃったか、もうすっかり忘れてしまったと思い込んでいた。ところが、このたびこれを書くにあたって、つらつら考えていたら、急に記憶によみがえった。

「子供は、みんな、おんなずだ」

そう、たけさんは言われたのだった。太宰は、太宰は、太宰は、と畳み掛けて質問する娘たちに。もしかしたら、全国各地から、同じような若い子が、そのころ、たけさんの元を訪れて、同じ質問を繰り返したかもしれない。けれども、もちろん、何かを揶揄しようとか、皮肉を言おうとか、人をたしなめようとか、そういった意図とはまったく無縁の表情と口調で、たけさんは、私たちにそう言った。

「太宰はどんな子供でしたか?」

「子供は、みんな、おんなずだ」

聞かされた高校生の私は拍子抜けして、『津軽』に書いてあるほどには、たけさんは太宰のことを特別に思ってなかったんじゃないのか」などと、つまんないことを思ったりした。けれども、太宰治が死んだ年齢も過ぎ、読んだ本と自分の体験が混ざり合わさって作られる記憶のシステムにも慣れ親しんでみると、あの、『津軽』の最後に登場する「たけ」が、私の会った「越野たけ」さん以外のなにものでもないことに深く納得するのである。

たけは、うつろな眼をして私を見た。

「修治だ。」私は笑って帽子をとった。

「あらあ。」それだけだった。笑いもしない。まじめな表情である。でも、すぐにその硬直の姿勢を崩して、さりげないような、へんに、あきらめたような弱い口調で、「さ、はいって運動会を。」と言って、たけの小屋に連れて行き、「ここさお坐りになりませえ。」とたけの傍に坐らせ、たけはそれきり何も言わず、きちんと正坐してそのモンペの丸い膝にちゃんと両手を置き、子供たちの走るのを熱心に見ている。けれども、私には何の不満もない。まるで、もう、安心してしまっている。足を投げ出して、ぼんやり運動会を見て、胸中に一つも思う事が無かった。もう、何がどうなってもいいんだ、というような全く無憂無風の情態である。平和とは、こんな気持の事を言うのであろうか。もし、そうなら、私はこの時、生れてはじめて心の平和を体験したと言ってもよい。

（略）

「子供は？」とうとうその小枝もへし折って捨て、両肘を張ってモンペをゆすり上げ、「子供は、幾人。」

私は小路の傍の杉の木に軽く寄りかかって、ひとりだ、と答えた。

「男？　女？」

「女だ。」

「いくつ？」

次から次へと矢継早に質問を発する。私はたけの、そのように強くて無遠慮な愛情のあらわし方に接して、ああ、私は、たけに似ているのだと思った。

（『津軽』）

そうだ、たしかに、私はこの女性に会ったのだと、読み返しながら確信する。そして、太宰がたけさんに似ているかどうかは知らないけれど、約三十年ぶりに会ったからといって大げさにもせず、はしゃぐでもなく、感情を小枝の花をむしる指先一つにこめ、一瞬にして月日がなかったかのように距離を埋め、心底あったかく彼を迎えた、たけさんに、小説家が抱いた「この人に似ていたい」と思った心情が、わかる。

「私は、たけの子だ。」と、太宰は書く。

「子供は、みんな、おんなずだ」と、高校生の私に語りかけたちっちゃなおばあさんの姿は、小説家がたけさんに母なるものの原型を見た理由を、私にすんなりと理解させる。

「金木の修治」が、他の子供と違うから愛したのでも、特別に目をかけたのでもない、けれども、そこにいる、愛すべき子供として、持てるだけの愛情を惜しみなく注ぎ、きちんと愛した。そんな、たけさんに、作家は、理想の「母」を見たのだろう。

さてさて、話が津軽に行ってしまって、なかなか富士山が出てこない。だいいち、津軽といえば「岩木山」だ。

私が二度目に津軽へ行ったのは、四、五年前のことになる。友人のつれあいが弘前の生まれで、毎年夏になると見に行くというねぶた祭りに誘われたのだ。この人は、ほんとうに無口で、いつのまにか私の中で東北男の見本のようになっているが、東北の男性が真実寡黙なのかどうか、よくわからない。千昌夫が歌っていた『北国の春』に出てくる、「あにきとおやじ」と、この友人の結婚相手だけがサンプルなのである。

私たちが出かけたのは、私がそこに滞在できた日程の都合で、青森の「ねぶた祭り」だった。初めて見る「ねぶた」は、大迫力で、私はじゅうぶん楽しかった。でも、彼がほんとうに私に見せたかったのは、弘前の「ねぷた祭り」だったらしい。誰かといっしょに旅行して、ほんとうによかったと思う瞬間は、その人の本質にちょっとでも触れることができたときだ。私は、つきあいが長いわりに、ほとんど口を利いたことのない友人の夫の、深い郷土愛を知ってほんとうに驚いた。

ダイナミックさが売り物の青森の「ねぶた」より、扇形の張りぼてに絵を描いた「ねぷた」のほうが、やや繊細な味わいがあるのだと話してくれたのは、嫁である友人のほうだったが、それにも、うん、うん、と深くうなずいていた夫本人が、なぜだかとつぜん熱く「八甲田山、死の行軍」について語り出し、「青森第五連隊は全滅してしまったが、弘前第三十一連隊はちゃんと帰ってきたんだ」と誇らしげに語ったときは、目を見張った。自分と同世代の彼が、明治時代の軍隊を友達が入隊していたみたいに身近に感じているらしいことに、びっくりしたのだ。

友人夫婦よりも一足先に東京へ帰る私を、新幹線の駅に送り届けてくれる道で、運転席の彼が、

「岩木山が見えるよ」

と、言ったときの、断固たる口調も耳に残っている。彼は、一年に一回だか二回だ

か、ともかく岩木山を拝まないと心身が落ち着かないらしい。

先っぽをつんと尖らせて、左右になだらかな稜線を描く岩木山は青く、大きかった。この山を見て育った人は、何度だって会いに戻らずにはいられないだろう。少なくとも、会いたいという思いを持ち続けるだろう。そして、いつだって山はそこにある。

岩木山の別名は、「津軽富士」だそうだ。

この「〇〇富士」という呼び名は、探せばたくさんあるのだろうが、私にいちばんなじみが深いのは、「タコマ富士」だ。

タコマ富士は、アメリカ、ワシントン州にある。十年前、短い期間だが暮らしていたシアトルで、背の高いビルに登ると、天気のいい日には必ず見えた（ところで、雨で有名なシアトルで天気のいい日に出会えるのは、けっこうこれで稀ではあるのだが）。

明治期から日系移民が入り、広大なストロベリー・フィールドを開拓したワシントン州で、日々の労働の合間に仰ぎ見る、アメリカ先住民の霊峰マウント・レーニエを、彼らは故国の名山になぞらえて「タコマ富士」と呼んだ。

レーニエ山は美しく、荘厳で、移民一世たちが「富士」と呼びたくなった気持ちがわからないではなかったが、眺めているとなぜだか自分の中の小さなナショナリズムが顔を出し、「でも、ほんとの富士山は、もっときれい」と思ったものだ。

だから、彼の地で日本文化を紹介する臨時雇いの先生をしていた私は、小学校の教室で、「日本でいちばん高い山、富士山と、ワシントン州でいちばん高い山、レーニエ山では、どっちが高いでしょう？」クイズを出題するたび、なにか割り切れない思いを抱いた。

答えは、レーニエ山なのだ。この答えを出すと、子供たちはヒャッホーと喜ぶ。私はちょっと、悔しい。「でも、きれいでしょ？　ね、富士山は、形がすごく、きれいよね？」と言ってみたい気持ちにかられるが、児童相手にむきになってもしかたがないから、曖昧に笑う。

太宰は『富嶽百景』の中で、

「たとえば私が、印度かどこかの国から、突然、鷲にさらわれ、すとんと日本の沼津あたりの海岸に落されて、ふと、この山を見つけても、そんなに驚嘆しないだろう。ニッポンのフジヤマを、あらかじめ憧れているからこそ、ワンダフルなのであって、そうでなくて、そのような俗な宣伝を、一さい知らず、素朴な、純粋の、うつろな心に、果して、どれだけ訴え得るか、そのことになると、多少、心細い山である。低い。裾のひろがっている割に、低い。あれくらいの裾を持っている山ならば、少くとも、もう一・五倍、高くなければいけない。」

と書いている。

そうなんだろうか。私は低くても、いいと思うが。

夏目漱石は明治四十四年にこんな講演をした。

「外国人に対して、乃公（おれ）の国には富士山があるというような馬鹿は今日はあまりいわないようだが、戦争以後一等国になったんだという高慢な声は随所に聞くようである。なかなか気楽な見方をすれば出来るものだと思います。」（『漱石文明論集』「現代日本の開花」）

文豪は、富士山自慢に少し厳しい目を向けるものらしい。

漱石が講演したのは、日露戦争直後で戦勝気分に沸いていたころだし、『富嶽百景』が発表されたのは昭和十四年、日中戦争のさなか、日本中が翼賛体制を作り上げていくころだから、明治と昭和の世代の違う文豪二人は、ともに「富士」に向けられるナショナリズムの胡散臭さを、嫌ったのだとも言えそうだ。

「こんな顔をして、こんなに弱っていては、いくら日露戦争に勝って、一等国になっても駄目ですね。尤も建物を見ても、庭園を見ても、いずれも顔相応の所だが、——あなたは東京が始めてなら、まだ富士山を見た事がないでしょう。今に見えるから御覧なさい。あれが日本一の名物だ。あれより外に自慢するものは何もない。ところがその富士山は天然自然に昔からあったものなんだから仕方がない。我々が拵えたものじゃない」

漱石は『三四郎』の広田先生にも、そう言わせている。このあと、三四郎本人に「然しこれからは日本も段々発展するでしょう」と、おめでたい発言をさせ、先生には「亡びるね」と一刀両断に切り捨てさせた。

夏目漱石がどの時点の日本までを予見していたかはわからないけれども、とにかく第二次大戦の敗戦でいったん日本は「亡びる」ほどの大打撃を受け、それから復興を成し遂げ、「ジャパン・アズ・ナンバー1」とか言われて浮かれた直後に、経済破綻を来たす、といった軌跡を辿った。

いまはまた、「バブル以来の」景気の良さだそうだが、そんなことは実感として感じられないし、過去の経験から言って「またすぐ悪くなるんでしょ」と疑ってしまうのは、私も年取ったってことか。

「関東大震災と東京大空襲で二度すっからかんになってるもんで、わたしゃ、宵越しの金は持たない主義です」と言ったりするおじいさんが、昔は近所や親戚に一人くらいいたものだが、もしかしたら私も「バブルってのは、破裂するためにあンだろ」と若い者に小ざかしく説教しかねない、将来「バブルばばあ」と呼ばれるようなものに、少しずつなりつつあるのかもしれない。

ともかく、私自身は、富士山は多少低くたって、きれいだからいいと思うし、「我々が拵えたもの」じゃなくっても、「乃公の国には富士山があるというような馬鹿」を言ってみたい衝動に、しばしば駆られる。それはナショナリズムというよりも、むしろ、「あれより外に自慢するものは何もない」、自信喪失に近い感覚からなのかもしれない。

私の義兄は、フランス人である。

姉と二人の子供を成し、パリ郊外の街で暮らしている彼の職業は、経営コンサルタントとか、事業プランナーとか、なんとかエージェントみたいなもので、私には何度聞いてもきちんと理解できない。しかし、彼は趣味で絵を描いており、コラージュなんかもとても上手で、こちらの才能は割合あるんじゃないかと、身内の欲目もからんで、ときどき思う。

その彼の絵やコラージュに、必ずといって登場するのが「ｆｕｊｉ」だった。

まだ、姉と彼が恋人同士だったころ、うれしそうに広げてみせてくれたスケッチブックには、君は北斎か、とからかいたくなるような、何十枚もの「ｆｕｊｉ」が描かれていた。とても我が姉とは思えない肉感的な美女の背に踊っている「ｆｕ・ｊｉ」、セーヌの河岸にお引越しをしたらしい「ｆｕ・ｊｉ」、ひゅんひゅんひゅんと、一筆で描かれたシルエットの下に、ローマ字で小さく「ｆｕ・ｊｉ」と書いてある。

「ワタシハ、フジガ、ダイスキ」

と、満面に笑みをたたえるこのフランス人が、ほんものの富士山を見た事がないと知ったのは、彼と姉との交際が始まって五、六年は過ぎたころだった。

新幹線に乗って、京都見物に出かけた二人は、とうぜん車窓から美しい富士の雄姿を楽しむつもりだったのだが、あいにくの天気に阻まれたか、すっかり日本事情に疎くなった姉が左右を間違えたのだったか、ともかく下り線では見逃してしまった。

こんどこそ逃してはならじと意気込んでいた上り線では、疲れが腹に来てしまった彼が、どうもここぞという辺りでトイレに行ってしまったらしい。大急ぎで出てきて席に戻りつつ、「フジ、フジ」と発する外国人は、車両中の同情を買い占めたという。

「みんな、『見たかったでしょう、お気の毒に』と、こっちを見るの」

そう、姉が言った。「ほんのちょっと、新幹線をバックさせてでも見せてやりたい」というような、善意の渦を感じたそうだ。

義兄に、富士山を見せたい。

この話を聞いた私は、強くそう思った。「ひかり」だか「こだま」だか（「のぞみ」ではなかったと思うが）、一車両分の同胞の、「外国人にニッポンのフジ、見せてやりてえ」という思いに感染したのだ。

まずは、東京タワーや都庁の展望台を思いついた。ところが彼は高所恐怖症だと言う。東京からでも、高いところから眺めれば富士山は見えるんだけど、と提案すると、ノンとそっぽを向かれてしまった。

なによりまずいのは、彼らが日本へ来る季節なのだ。

フランス人がもっとも長い休暇を取るのは、ご存知のように「夏のバカンス」だ。そういうわけで、姉夫婦が日本へやってくるのは、七月から八月にかけてが、多い。しかも、お休みの前半を日本で、後半をフランスで過ごすと、なんとなく決めているらしく、まともに梅雨にぶつけて来たりするのだ。

しかし、梅雨にだって、晴れ間というものがある。見せてやれないはずはない。

その年の夏、私は姉夫婦と生まれて四カ月の姪を車に乗せて、伊豆旅行を決行した。

出発の日、義兄は朝からはしゃいでいた。

私は彼を鎌倉に連れて行った日のことを思い出した。駐車場を出て、高徳院の拝観料を払ったあたりで、お楽しみを最後にとっておきたい一心から両手で目を塞いで、

「ダレ、ダレ？　ダレ、ダレー？」

と、独特の日本語ボキャブラリー（誰がいるのかな？という意味だろう）でもって、心の準備を始め、ここよ、と姉にうながされて掌を開き、大仏を目の当たりにしたときの、彼の瞳の輝きを。ほんものの富士山を見たら、あれの倍くらい喜ぶだろう。

しかし、伊豆行きの日も曇天で、のっけからは富士が望めず、まさに旅には「暗雲が垂れ込め」ていた。

東名からは、富士が見えなかった。「いつもは、こっから、ぱこーんと」見えるような地点でも、見えなかった。

途中に寄った箱根でも、雲に阻まれた。「いや、芦ノ湖の上にくっきりと」浮かぶはずの富士は、影も形も見せなかった。これではロープウェイで駒ケ岳に上っても見えないだろうと思われたし、だいいち義兄はロープウェイに乗ったら立ちくらみがするだろうと断言した。

気を取り直して出発すると、こんどは本格的に降り出した。雨脚はどんどん強くなり、最後は豪雨に見舞われた。仕方がないので下田でうなぎを食べて、お魚のおいしい旅館に泊まり、「お天気さえよければねえ」と言いながら東京に帰ってきた。二泊三日の旅行中、富士はおろか、太陽も拝めなかったのだった。

彼はしみじみ、義理の妹に漏らした。

「みんなが富士山は美しいって言ったんだ。いろんな絵や、写真も見た。でも、何度も日本に来ているのに、自分の目で見たことがない。ほんとに富士山はあるんだろうか。存在するんだろうか。みんなが『ある』と、嘘をついているか、もしくは人々が、僕には見えないイリュージョンを見ているのではないかとすら思う。いったい富士山はどこにあるんだろう」

なにを言っているの。イリュージョンなんかじゃない。フジはニッポン一のヤマ。あるに決まってるじゃないの。

彼らが帰国の途につくのも間近に迫ったある日、私はまさに天が梅雨を忘れたかのように晴れ渡ったのを見た。

いまだ！　私はその日の予定をすべてキャンセルして実家に戻り、義兄と姉と姪を乗せて再度のドライブを敢行した。行き先は山中湖だ。ここなら遠くないし、なんといったって「富士五湖」。そして本日は、待ちに待ったお天気の日！

中央高速に乗ったあたりで、ぽつり、ぽつりと雨が来た。しかし、その雨は、気まぐれに止んだりもした。見えるわよ、きっと見える。いかにも見えそうな青空が、雲の合間に広がる。

けれど、気象の専門家ならずとも、多少、お天気に詳しければ、その後の展開は予測できるかもしれない。たどり着いた山中湖に立ちこめていたのは深い霧で、富士山は、見えなかった。

『富嶽百景』においても、太宰治と井伏鱒二が霧に吹きこめられて、いっこうに富士の尊顔を拝めない有名なシーンがあった。霧が晴れればはっきり見えますと、見えたときの写真を見せられて、それでいいような気になって帰るという話だったが、この日、姉の夫はまったくそれでいいなんて気持ちにはならなかったようだった。

もうしょうがないから、どっかでお茶でも飲んで帰ろうよ、夏に来るのが間違っているのね、と姉が言い、車に戻ると、義兄は睨むようにして持参した地図を見ている。

そして、地図上のある地点を指差し、

「私はここへ行く」

と言った。

地図には「Fuji View Hotel」と、英語で書いてあった。

「ここにフジ・ビューがなかったら、もはや私は富士山の存在を信じることができない」

彼は主張する。

そこで我々は、一路、河口湖畔の「富士ビューホテル」に向かった。

ホテルのフロントで、義兄は、そこに置かれたパンフレットに着目した。ホテルの正面に、どっしりと腰を据える富士山の写真。そして何度も、そのパンフレットと実際の風景を照らし合わせ、写真が撮影された位置を確認した。

ティールームでお茶を飲むのもそこそこに、彼はエントランス正面の、ロータリーのあたりに腕を組んで仁王立ちした。

霧さえ晴れれば、たしかにそこに、くっきりと富士山が望めるはずなのである。

その日の天気は気まぐれで、雨が降ったり照ったりした。どしゃぶりではなく、通り雨程度だったが、目の前の濃霧はなかなか晴れない。義兄は雨と日差しよけのキャップを目深にかぶり、天気待ちをする頑固な映画監督のような姿勢で、空を睨んでいる。

ずいぶん長いこと、その位置に立っていたが、なにを思ったか彼はすたすたフロントに歩いていき、レセプションの若い男性に、

「ここは、たしかに『富士ビューホテル』なんだね？」

と、英語で確認した。

事情を察した男性が、

「霧さえ、霧さえなければ……」

と、口ごもった。

富士山がどうしても見たいって言って、ここに来ちゃったんです。姉と私が交互に説明すると、弱りきったその男性は、

「少々、お待ちください」

と、眉間に皺を寄せて、どこかに電話をかけ始めた。

「こちら、『富士ビューホテル』ですが、つかぬことを伺いますが、そちらからですと、本日、富士は見えておりますでしょうか？」

額の汗を拭きながら、男性はたしかにそう言った。「はあ、はあ」と、相手の電話を受けて切り、それからまた受話器を取り上げて、外のところに電話した。その間、義兄は、また例の定位置に、立ち続けていた。

「お客様！」

ホテルの男性は、苦しそうに、姉と私に向かって言った。

「ただいま、静岡側含め、数カ所に確認いたしましたが、本日はどこからも見えておりません」

そう言わなければならないのは、「富士ビューホテル」としては、辛い決断だった

だろう。男性の眉間からは、皺が消えていなかった。

帰りの車の中、義兄は何も言わずに寝ていた。

それ以来、彼は富士を見たいと言わなくなった。

それでも、いつの滞在でだったか、移動中の車の中からきれいに富士山が見えたことがある。

「見て！　後ろ、振り返って！　富士山よ！　あれが富士山よ！」

興奮する私の声に、助手席にいた義兄はちらりと振り返ったが、なぜだかあまり喜ばずに、興味なさそうな顔をした。

あとで聞くところによると、山頂に雪がなかったからで、「あれが富士山のはずはない」と思ったのだそうである。

富士はほんとうに存在するのか。

富士は、イリュージョンなのか。富士は、日本人の心は、イリュージョンなのか。

その後、義兄の絵を見ていないので、彼の「ｆｕｊｉ」熱がすっかり冷めてしまったのかどうか、確かめる機会を得ていない。

しかし、あれから五年の月日が経過したころ、私は奇妙なものに遭遇した。

実家の父の書斎に貼られた、一枚のドローイングだ。

ステージの上で、ライトを浴びながら踊る男女と、それを見ている人々の後ろ頭らしき半円が並ぶその絵は、成長した姪が彼女の祖父にプレゼントしたものだ。絵の才能をフランス人の父親からもらったといわれている彼女は、自称アーティストで、すべての紙は何かが描かれるためにあると思っているらしく、毎日もくもくと白い紙を消費している。

その、ステージの男女の脇には、富士山がある。なぜ、そんなところに富士があるのか。パパのコラージュを見ていて思いついたのか。

ともかく、現在七歳の姪は、いまでもときどき、自分の絵の横にとうぜんのごとく、ひゅんひゅんひゅんひゅんっと一筆で富士山を描く。

「富士には、月見草がよく似合う」

は、日本文学史上もっとも有名なフレーズの一つだが、姪は、

「たいていのものには、富士山がよく似合う」

と、思っているらしい。

ゴドーを待たっしゃれ

【作品解説】

サミュエル・ベケットの傑作戯曲『ゴドーを待ちながら』は、1953年1月5日にパリで初演され、賛否両論を巻き起こした。アメリカでの初演は、フロリダ州マイアミ、1956年1月3日のことであった。その難解さと実験性ゆえに、観客のほとんどは休憩時間に群れをなして出て行ってしまったという。

幕間の後まで残っていた客はわずか三人だったが、期せずして彼ら三人はすべて作家であり、一人はテネシー・ウィリアムズ、一人がウィリアム・サローヤンであったことは今日伝えられている。もう一人の客は東洋人で、ロシア風の毛皮帽にインバネス、ロイド眼鏡、まっ白な口髭を生やしていた。名を問われて、老齢の東洋人はサローヤンに「アイ・アム・ユーゾー・ツボウチ」と答えた。という逸話を、テネシー・

ウィリアムズはその『回想録』に、サローヤンは最後の自叙伝『思いがけない出会い』に、ともにうっかりして、書き残すことを忘れている。

この坪内雄蔵こそ、文学者・坪内逍遥、もしくはその幽霊であった。逍遥は二十世紀を代表する不条理劇の傑作に感激し、かつて沙翁（しゃおう）を全訳したころの翻訳魂がむくむくと湧きあがるのを抑えることができず、無我夢中で訳しあげた。

それがどのように時空を超え、彼岸・此岸の境を越えて今世紀の日本に辿り着いたかについては、宗教家、物理学者、SF作家たちの研究を待ちたい。

本稿は、現在、早稲田大学の坪内博士記念演劇博物館に所蔵され、複数の研究者に坪内逍遥による翻訳であることが確認されたベケット作「ゴドーを待ちながら」全訳からの抜粋である。なお、同館で開催されている〈サミュエル・ベケット展――ドアはわからないくらいに開いている〉（2014年4月22日～8月3日　2階展示室にて　入場無料）に於いては、坪内逍遥の直筆原稿は残念ながら展示されていない。

＊　　＊　　＊

『ゴドーを待ちながら』サミュエル・ベケット作／坪内逍遥訳

◉人物
エストラゴン（ゴゴ）
ヴラヂミル（ヂヂ）
ラッキー
ポゾオ
少年

第一幕

里路（さとみち）。一木（いちぼく）。暮れつ方。
路傍に坐れる、エストラゴン。
片方（かたほ）の靴をば、脱がむとす。
息をば切らせ、両手で引くも。

諦め、憔悴て、やり直し。

ヴラヂミル出る

（此れより、一問、一答ことごとく口合式の警句にして、到底、原語通りには訳しがたきゆゑ、義訳とす。）

エストラゴン　（また諦め）どうもならんわい。

ヴラヂミル　（蝦蟇足にてよたよたと、小股に近寄ってきて）いや、さうかもしれぬ。わしはもとより其の考へに取りつかれちゃァならぬと知れて、あいヤ、ヴラヂミル、おつむを使はっしゃい、おまひはまだ何にもかもやっちゃァおらぬ。そして、また悪あがきぢゃ。（悪あがきに思ひ耽りつつ、エストラゴンに）はれま、おぬし、またそこに、おはしゃったかい。

エストラゴン　俺かよ。

ヴラヂミル　おぬしに逢はれて恭悦至極。わしゃァ、また、てっきり、おぬしが行ったきりとばかり思ひこんどったわい。

エストラゴン　俺もぢゃ。

ヴラヂミル　我ら、再会を祝して何をか為さん。（熟考）立ちゃれ。いざ抱擁せむ。

エストラゴン　（苛立ち）後ぢゃ。後ぢゃ。

ヴラヂミル　（機嫌をそこね、冷淡に）ゆんべ、閣下は那辺で御寝ならしゃったものか、お聞かせくださりませい。

エストラゴン　ドブよ。

ヴラヂミル　（吃驚して）ドブぢゃと！　そりゃ、どこのぢゃ？

エストラゴン　（指差しもせず）あっちぢゃわい。

ヴラヂミル　ぶたれなんだか？

エストラゴン　散々にぶたれたわい。

ヴラヂミル　はれ、そりゃ、同じ奴らぢゃの？

エストラゴン　同じ？　うんにゃ、知らぬわい。

ヴラヂミル　わしはもとより考へておったのぢゃ……（断固として）わしが居らねばおぬしはきっと、いまごろ野ざらしの髑髏と成り果てをるに違ひないわい。

エストラゴン　そりゃ、なんのことぞよ。

ヴラヂミル　（沈鬱に）はれやれ、一人のをのこにあまりな仕打ち。（間。威勢よく）ぢゃが、ことここに至りしからは、呆然自失してをる時にはあらず。其レこそ、わしの言ひたきことよ。のう、わしらが偲ぶべきはいにしゑのとき、去りし十九世紀の昔ぢゃ。

エストラゴン　しッしッ、止めた、止めた。其レより、この靴をひとつ引っ張ってくりゃれ。

ヴラヂミル　手に手を取りて、先陣を切り、かのエッフェル塔から身投げしてお目にかけようほどに。あのころわしらは立派な容姿風体でござったが。いまや遅し。もう、かの塔には登れもせぬによって。（エストラゴンは、靴を摑む）して、何をしてをるのぢゃ？

エストラゴン　靴を脱ぐのぢゃわい！　足が靴に貼りつき居るのがわからぬかよ？

ヴラヂミル　ぢゃによって、毎日脱ぎゃれと言はんこっちゃァないわい。馬耳東風と聞き流しをるがゆゑに、其ノやうな目に遭ふのぢゃ。

エストラゴン　（弱く）にし、助けちゃァくれまいか。

ヴラヂミル　痛いか？

エストラゴン　（憤然として）痛いとな。いまごろになって、痛いかと聞かっしゃるかい。

ヴラヂミル　（憤然として）へん！　辛いのはおのが一人といふ面つきぢゃな。片時も、わしを勘定に入れぬ。わしゃ、おぬしといっぺん代りたい。しからば言ふべきことも変はらむや。

エストラゴン　にしも、痛いことはあるかよ。

ヴラヂミル　（憤然として）痛いかと？　痛いことがあるかとな？

エストラゴン　（指差しながら）ともあれ、ボタンを嵌めときゃっしゃれ。

ヴラヂミル　（自分を見て）ほんに、やれやれ。（ズボンの前ボタンを嵌める）どりゃ、人生の小さきことども、なほざりにする勿（なか）れぢゃ。

エストラゴン　待てども無駄ぢゃわ。にしはいつもぎりぎりの、最後まで何もせぬ。

ヴラヂミル　（夢見心地に）最後。……（瞑想して）望を得ること遅きときは心を疾（やま）しめ、とは、誰が言ひしか？

エストラゴン　助けてはくれぬのぢゃな？

ヴラヂミル　折には、其ノときがいづれ来たらむと覚え、しかるのちに珍妙なる心地す。（帽子をとり、内側を覗き込み、中を触り、帽子を振り、またかぶる）何をか言はんや？　つひに安堵して、また其ノ同じとき……（言葉を探し）……おそれおののく。（おほげさに）おーのーのーくー。（また帽子をとりて、内側を覗く）ても、まァ。（異物を追ひ出すやうに帽子を叩き、内側を覗き、またかぶる）どうもならんわい。（エストラゴン孤軍奮闘、漸う靴を脱ぎ捨てる。内側を覗き込み、触り、ひっくり返し、靴を振り、地面に落下物のありやなしやを確かめ、何をも見出さず、また中を触り、呆然とす）はて、何としたのぢゃ？

エストラゴン　ないわい。

ヴラヂミル　見しゃれ。

エストラゴン　見しょとて、何もないわい。

ヴラヂミル　されば、もいちど、履くのぢゃ。

エストラゴン　（足を検査し）ちょィと、風に吹かれようわい。

ヴラヂミル　さもさうず、人とはさうしたものぢゃ。おのれの罪を履物にかぶせようとはのう。（帽子を再びとり、内側を覗き見、中を触り、上から叩き、中を吹き、かぶる）こりゃ警告かもしれぬわい。（沈黙。エストラゴンは、足を振り、風に当てた足の指を動かす）盗人の一方が救はれたりとぞ。（間）それも道理ぢゃの。（間）ゴゴ……

エストラゴン　何ぢゃ？

ヴラヂミル　悔い改めねばならぬようぢゃ！

エストラゴン　何をぢゃ？

ヴラヂミル　ぢゃによって、……（熟考す）細かいことは気にさっしゃるな。

エストラゴン　生まれしゆゑに？

ここちよげなるヴラヂミル。
頬に笑みをば、浮かばせど。
腰に手当てて、謹厳き。
面をばもって、笑みを止む。

ヴラヂミル　わしゃ、もう、笑へぬようぢゃわい。

エストラゴン　そりゃまさに、笑止千万ぢゃ！

ヴラヂミル　せめて微笑なりと。（突然、大きくにやりと笑へども、しばし続いた笑みも消え）こりゃ、違ふ。どうもならんわい……（間）ゴゴ。

エストラゴン　（苛立ち）何ぢゃ？
ヴラヂミル　おぬしは聖書をば読みたるや？
エストラゴン　聖書……（熟考し）目をば通せしが。
ヴラヂミル　讃美歌はどうぢゃ？
エストラゴン　聖地の地図なら覚ゆれど。色刷りで美しく、死海は碧く澄み、見るさに喉がかわいたぞよ。いつか美しき娘と祝言を挙げ、彼の地へ遍路でもと。泳ぎゆけば、極楽の心地にやあらんと思ひしぞ。
ヴラヂミル　おぬし、詩人ぢゃのう。
エストラゴン　そうぢゃったに。（襤褸（ぼろぎ）着を見せて）ほれ、見りゃい。

沈黙

ヴラヂミル　さておやどこまで話したものか……おぬし、足はどうぢゃ？
エストラゴン　腫れておるぞよ。
ヴラヂミル　おお、そうぢゃ、盗人（ぬすっと）の二人ぢゃ。おぬしゃ、覚えてをるかよ？
エストラゴン　うんにゃ。

ヴラヂミル　いざ話して聞かせむ。
エストラゴン　そりゃ、無用。
ヴラヂミル　暇つぶしぢゃわい。（間）盗人の二人が、救世主とともに磔刑に処せられしが、その一方の……
エストラゴン　キュー？
ヴラヂミル　救世主ぢゃ。そして盗人が二人ぢゃ。その一方は救はれることになったのぢゃ、して、もう一方が……（救ひ、の反対言葉を探し）……地獄ゆきぢゃ。
エストラゴン　何から救はれるのぢゃ？
ヴラヂミル　地獄。
エストラゴン　おれァ、行くぞよ。（動かない）
ヴラヂミル　ところが……（間）……あにはからんや――やい、退屈ぢゃなかろうの――四人の使徒のうち、盗人一人救はれしと伝へしは、ただ一人のみぢゃ。四人の使徒がその場か、あたりのいづこかに居りたれども、一人の使徒のみ、盗人一人救はれしと伝へたるは不審。（間）えい、ゴゴ、ときをりは、相槌を打ちゃれ。

エストラゴン　（大仰に）聞いてをるぞよ。
ヴラヂミル　四人のうちの一人きり。残れる三人のうち二人は何をも残さず、一人は、盗人二人していたぶれりと書いたのぢゃ。
エストラゴン　誰をぢゃい？
ヴラヂミル　あいヤ？
エストラゴン　一寸もわからぬぞい……（間）誰をいたぶりしとな？
ヴラヂミル　救世主ぢゃ。
エストラゴン　何ゆゑぢゃ？
ヴラヂミル　盗人二人を救はっしゃらざるがゆゑに。
エストラゴン　地獄よりぢゃな？
ヴラヂミル　阿呆！　死よりぢゃ。
エストラゴン　にしは地獄と言はなんだか？
ヴラヂミル　死ぢゃ。死ぢゃ。
エストラゴン　して、其ノ後は如何に？
ヴラヂミル　盗人二人とも地獄へ堕ちたのぢゃ。
エストラゴン　さもありなん。

ヴラヂミル　しかれども、一人の使徒は、盗人一人救はれたりと。

エストラゴン　そりゃ、見解の相違ぢゃの。

ヴラヂミル　居りしは四人。盗人一人救はれたりと言ふは一人。何ゆゑ、三人より一人を信ずるべきや。

エストラゴン　誰がその一人のみを信ずるのぢゃ？

ヴラヂミル　誰もかもぢゃ。その筋書きのみが伝はっておるのぢゃ。

エストラゴン　この世は、猿知恵の痴(し)れ者ばかりぢゃ。

よろよろ立つは、エストラゴン。
跛行(はこう)し、下手へ立ち去りぬ。
立ち止まりては、手をかざし。
遥か彼方を、仰ぎ見ゆ。
振り向き、上手に向かひしな。
またもや彼方をあひ眺む。
渠(かれ)を目で追ふヴラヂミル。
靴を拾ひて、鼻先を。

挿入（つっこ）み、慌てて放擲（ほうてき）す。

ヴラヂミル　おぇ。（吐く）

舞台真中に、エストラゴン。

舞台ノ深奥（おく）を眺めしが。

エストラゴン　さもよし。（回れ右、舞台端へ。観客を向き）やれ、絶景かな。（ヴラヂミルを振り向く）いざ、ゆかむ。

ヴラヂミル　そりゃ、かなはぬ。

エストラゴン　何ゆゑぢゃ？

ヴラヂミル　ゴドーを待たっしゃれ。

（以下略）

トリビュート作品一覧

満願

◉太宰治「満願」……ちくま文庫『太宰治全集2』ほか所収

太宰は、ある雑誌で新潮文庫の全作品を一気読みしたこともあるのですが、中でも「満願」は、短い中にユーモアと色っぽさと温かさが混じる、好きな太宰作品の一つです。

Mとマットと幼なじみのトゥー

◉吉川英治「宮本武蔵」……新潮文庫『宮本武蔵』1〜8巻ほか

先にテレビで萬屋錦之介主演の映画を観たのです。その後本を読んだけど、途中からどうしても武蔵がゲイに見えてきてしまって。原作のお通もかなりストーカーっぽいです。

夢一夜

◉夏目漱石「夢十夜」……ちくま文庫『夏目漱石全集10』ほか所収
旅行先で、カーナビを頼りに運転していたら袋小路にはまったことがあり。この感じは悪夢っぽいなと思いながら、「夢十夜」を思い出しました。

腐心中

◉森鷗外「普請中」……角川文庫『舞姫・うたかたの記』ほか所収
これはやはりタイトルが秀逸。「日本は普請中」って言われると案外どの時代にも当てはまりそうです。本作は実在したエリスのモデルとは一切関係なく、『舞姫』と『普請中』にイマジネーションを得た完全な創作です。

カレー失踪事件

◉コナン・ドイル「シャーロック・ホームズ」シリーズ……河出文庫『シャーロック・ホームズ全集』ほか
シャーロキアンには叱られそうなゆるいパロディですが。少女時代はホームズ・ファンでした。図書室にルパン派とホームズ派がいて、私は断然ホームズ派でした。

ムービースター

●映画「キング・コング」（1933年、米、監督／メリアン・C・クーパー＆アーネスト・B・シュードサック、主演／フェイ・レイ）
映画の主役を演じたのが、ストーリー通り南の島から連れて来られた巨大ゴリラ（知能が高く演技ができる）という設定。「猿の惑星」も好きだし、もしかしたら猿好きなのかも。

毒蛾

●宮澤賢治「毒蛾」……筑摩書房『新校本　宮澤賢治全集　第九巻』ほか所収
子どものときは、好きなものもありましたが、賢治の幻想は少し怖かったんです。震災後に全集を読み直して、宮澤賢治の怖さがすごくいいなと感じられて書いた一篇です。

青海流水泳教室

●岡本かの子「渾沌未分」……ちくま文庫『岡本かの子全集2』ほか所収
かの子の自由闊達な筆には憧れます。この作品では「東京」がどんどん都市化していき、泳げる川が無くなっていくという話に惹きつけられました。西岡さんによる口絵は、かの子と同世代の画家・古賀春江の『海』のパロディ。

王様の世界一美しい服

◉アンデルセン「裸の王様」……岩波文庫『完訳アンデルセン童話集1』ほか所収
海外でいろいろな国の作家たちと三カ月過ごしたときに書いた一篇。ある国の正義は、他の国から見たら悪、というようなことを考えさせられた時期です。

親指ひめ

◉アンデルセン「親指姫」……岩波文庫『完訳アンデルセン童話集1』ほか所収
女性をめぐる、政治家たちのとんでもない発言にはほんとうにびっくりしています。次から次へと止まらない暴言、失言……。親指姫たちの怒りをこめて。

伏魔殿

◉施耐庵「水滸伝」……ちくま文庫『水滸伝』全8巻ほか
熱狂的な「水滸伝」好きに、読んでないなんて信じられないと言われて無理やり8巻一気読み。はまるもんかと思いましたが、案外、はまりました。

新しい桃太郎のおはなし

◉作者不詳「桃太郎」……岩波文庫『日本の昔ばなしⅡ　桃太郎・舌きり雀・花さか爺』ほか所収

「桃太郎」の読みかえと言えば芥川龍之介が有名で、以来「桃太郎＝侵略者」バージョンは人口に膾炙しておりますが、もう一回、鬼と桃太郎を読みかえてみました。

国際動物作家会議

◉ケストナー「動物会議」……岩波書店『ケストナー少年文学全集8』ほか所収

第二次大戦の辛酸を舐めたのちも、国際会議がちっとも役に立たず、すぐに戦争を始めようとする人間にあきれ果てた動物たちが、平和会議を開く——。いま読みたい絵本です。

寒山拾得

◉芥川龍之介「寒山拾得」……筑摩書房『筑摩全集類聚　芥川龍之介全集第四巻』ほか所収

芥川のこの作品自体、漱石への目配せもあり、鷗外や井伏鱒二も同じタイトルで小品を書いている。パロディ好きとしては、ぜひとも先達の驥尾に付したいと願って書きました。

富嶽百景

◉太宰治「富嶽百景」……ちくま文庫『太宰治全集2』ほか所収
これも好きな太宰作品です。太宰つながり、富士山つながりで転がして行くと、いくらでも書けてしまうという、書いていてとても楽しかった一篇でした。

ゴドーを待たっしゃれ

◉ベケット「ゴドーを待ちながら」……白水uブックス『ゴドーを待ちながら』／Samuel Beckett 'EN ATTENDANT GODOT' ©1952 by Les Éditions de Minuit／Samuel Beckett 'Waiting for Godot' New York: Grove Press
◉坪内逍遥「ロミオとヂュリエット」ほか……第三書館『ザ・シェークスピア 全戯曲全原文＋全訳 全一冊 愛蔵新版』所収
おもしろい同士、混ぜてしまえ！「つい出来心でやりました」的な。これほど強烈な逍遥文体でも、もとの戯曲の世界観がまったく揺るがないことに、心底驚き敬服しました。

あとがき　堤さんとの会話から

『パスティス』は、それぞれ先行作品があって、それらにオマージュを捧げるという聞こえがいいけれども、先人の書かれた作品をもとにして、あれこれ書き換えたり、切り貼りしたり、おちょくったりして遊んでしまったようなものを集めた短篇集になっています。

ほとんどの先行作品は古く、著作権が失効しているので、このような冒険ができるわけですが、作者が鬼籍に入って手も足も出ないのをいいことに、好き放題やっていることには、いつも若干の疚しさが伴います。

この場を借りて、天界の先輩方にお詫びとお礼を申し上げます。

しかし、ありがたいことに、わが国には「本歌取り」という和歌の伝統的な技法があり、優れた作品から言葉や趣向を意識的に借りて自分の歌を作るのを、和歌の豊かな技巧の一つとして確立してきた歴史があります。わたしの少し無作法な試みも、このような日本文学の懐の深さの中で、「べつにいいんじゃないの？　誰でもやってることでしょ」と、温かく許してもらっているような気さえするのです。

何年か前のことになるのですが、古典の『堤中納言物語』を現代語訳するという仕事を引き受けました。ご存知のように、「虫めづる姫君」などが入っている日本最古の短篇集と言われています。作者も成立の時期も違う十の短篇と一つの断章から成るこの作品は、読めば読むほど、わたしにとって理想の短篇集のように思えました。一篇一篇が際立っておもしろく、皮肉やユーモアが効いていて、それでいてほろりとさせる温かみもあり、文体も主題も異なるのにどこかにしっかりと一本筋が通っている確かさがある。これは、編集というもの、この短篇集を編んだ人のポリシーが、それを感じさせるのだなと思い至り、どうしても編者にお会いしたくなって、現代語訳版の編集者に頼んで探してもらい、会いに行きました。

しかしなにしろ『堤中納言物語』の編者は、いまも日本文学史上のミステリー中の人物であります。何者だか、定かにはわかっていないのです。堤中納言だという説もあり、堤中納言と呼ばれた人物は賀茂川堤に住んで多くの文人を庇護した藤原兼輔ですが、いまひとつ確証がありません。もう一人、『百人一首』の撰者の藤原定家を挙げる説もあり、こちらのほうがやや有力ですが、いずれにしても、ほんとうのところはわからないのです。

しかも、『堤中納言物語』が成立したのは、いまから八百年くらい前のことなので、会いに行くのは容易なことではありませんでした。そして、なによりプライバシーを尊重してほしいというご本人の意向があるので、あまり詳しいことは書けません。ただ、まあ、これだけの情報で彼を探し当てられる人がいるとは思えませんので、こっそり打ち明けますと、わたしが彼に会った場所は、賀茂川の近くでも三途の川の近くでもなく、多摩川の近くだったことをお知らせしておきます。

仮に、この方を「堤さん」ということにしておきましょう。本当のお名前は、いまも秘密なのです。

堤さんは、衣冠束帯をゆったりとお召しになり、くつろいだ様子で出迎えてくださいました。わたしは小説家になる以前、雑誌のインタビュアーを長いことやっていたので、こうした際の常として、まずは『堤中納言物語』がいかに素晴らしいか、ことに、そのアンソロジーを編み上げた人の仕事ぶりにいかに魅了されたかを、口を極めてほめちぎりました。

堤さんは満足そうにうなずきながら、わたしの話を聞いておられましたが、パロディについて伺うと、少し身を乗り出されたように感じました。

「『源氏物語』は偉大な小説やけど、あれ、おかしいやろ。笑えるとこ、ようけありますやろ。そやから、それを生かした短篇をこの作品集に入れることを考えましたのや」

「笑える、と」

「そうや。千年前でも八百年前でも、光源氏の色男ぶりはどうしたもんやろと、笑った読者はおったわけや。もう少し、国政やらなんやら考えたはらなあかんのやないやろかとか、思うやろ（笑）。紫の上なんて、あんな小さい女の子さらってきはってなあ、あれ、どうなんやろか。さらってきはったのん、女の子やなしに、お婆さんやったら、どないしはるのん！」

「『花桜折る中将（はなさくらおるちゅうじょう）』ですね！　あれはやはり源氏のパロディなんですね！　すごいラストですよね。見初めた女の子をさらったつもりが、お婆さんだった」

「まあ、パロディいうものかどうかは、あんたがたが決めはったらええことや」

「『はなだの女御（にょうご）』はどうですか？　あの、宮中の女たちほとんどに手を出している男の話。あれも、光源氏的色男をちゃかした短篇かなと思ったのですが」

「うふふ」

堤さんは袖で口元を隠して優雅に笑われました。

「あと、『逢坂越えぬ権中納言』や『思はぬ方に泊りする少将』の登場人物は、『宇治十帖』の薫に似てますよね」

「うむ」

衣の皺を直しながら、堤さんは少し真面目な顔をされました。

「『源氏』に似てるいう話やったら、ようけありますやろ。『源氏』の影響は、そら強おましたよってな、その後の作品がほとんど亜流になってしもたのですわ」

「そうなんですか！」

「そやけど、亜流は亜流であって、本物には勝てしまへん。おもしろくもないわけや。そやから、この作品集に意識して入れたんは、亜流やなしに、元の『源氏』に対して一定の距離を持って書いてはる作品だけです」

「距離、ですね、鍵は」

「そうや。笑い、いうもんは、距離から生まれるんやとわたしは思てますのや」

すごいことを聞いた、とわたしは思いました。

「もう一つ、どうしても伺いたいのが、やはり作品の選び方に関することなのですが、文体も成立時期も違いますよね。それをどうして一冊に編んだのですか？」

「違うからおもろいのと違いますか？　同じような味わいの作品だけやったら、読まはるほうは退屈しはるんやないやろか」

堤さんとの会話は多岐に及びました。ほんとうは、全部ここに採録したいくらいなのですが、ご本人との約束もありますので、ほんの少ししかおすそ分けできません。でも、堤さんとお話できたことは、わたしにとってとても貴重な体験でした。パロディ作品を書くときの姿勢もです。短篇集を編むときの基本的な心構えを、教えていただいたような気がしたのです。

もちろん、『パスティス』に収録されている作品を書いた時期、そして一冊にまとめた時期は、堤さんにお会いするより前のことです。でも、時空を超えて会いに来てくださった堤さんとの邂逅が、わたしの作品集にやはり時空を少し変えて影響を与えていたとして、何の不思議があるでしょうか。

パロディ、パスティーシュ、そういった作品を書くことは、わたしにいつも大きな喜びをもたらします。デビュー作『ＦＵＴＯＮ』も、田山花袋の『蒲団』のパロディでした。それらはすべて、先行作品との、そしてその作品の作者との、時空を超えた対話のようなものです。それはときに文体練習であり、思考実験であり、小説を書くこと、小説と向き合うことへの、ありとあらゆるレッスンの形でもあります。

そしてそのレッスンは、いつも、これ以上ないほど楽しいのです。『パスティス』の楽しさが、読者のみなさんに十分に伝わりますように。

そして、パスティーシュとはどのようなものであるか、それがいかにおもしろくて楽しいものであるのかを、学生だったころのわたしに教えてくださった大先輩、清水義範さんに文庫版解説を寄せていただいたことは、一生の宝物です。ありがとうございました。

中島京子

解説 パスティーシュは癖のある酒に似て

清水義範

『パスティス』という書名である。そして、そのパスティスという言葉の意味が、巻頭に書かれている。

「アブサンの製造が禁じられた時代、代用品として作られたアニスのお酒『パスティス』と、先行作品の模倣を意味する『パスティーシュ』は、ともにフランス語で、俗ラテン語の pasticius を語源に持つそうです。（中略）これからはじまるのは、まさに模倣だったりパロディだったり珍解釈だったりするごたまぜ世界の作品たちですが、夜更けに傾ける一杯のパスティスのように、みなさまを酔わせるなにかでもありますように」

というわけで本書は、パスティスという酒の名をつけたパスティーシュ作品集であるわけだが、酒の名前を持ってきているところに、読者をしてほろ酔い気分にさせようというねらいを持っている。パスティスという酒、アニスを使っているところから、少し癖のある酒であろうと想像がつくのであるが、そのように癖のあるパスティーシュを書いてみようという計算がうかがえるのである。言ってみれば中島京子さんのパスティーシュは、先行作品を模倣していて、似ているところが面白くて笑ってしまう、というだけのものではなくて、もとの作品の本質が摑まれているから模倣が深くなっているのだ。本質に迫っているパスティーシュなのである。

たとえば本書中の『Mとマットと幼なじみのトゥー』は、巻末につけられたトリビュート作品一覧によれば、なんと吉川英治の『宮本武蔵』がもとの作品なのだ。言われてみて、あっと驚くわけである。（この、巻末にトリビュート作品一覧を置いて、パスティーシュの種あかしをしているやり方は、読者に対して親切で、とても有効である。私もパスティーシュを書く作家だが、この手を考えたことがなく、ものによってはこれは有効な手だったのになあと反省してしまった）。

さてそこで、中島さんは宮本武蔵のことをゲイだと見破るのだ。そしてお通はストーカーではないかと見る。そのように読んだ上でのパスティーシュとなるわけである。

Mは宮本武蔵が元になった男でゲイである。マットはMの親友で、そうか、又八がもともとの名だ。そしてトゥーはお通で、Mを追いかけまわすストーカーという設定。そのほか田舎の坊主で漬物をよく作るというピクルスは沢庵和尚なんだ。そういうところ、自由に遊んでいるのである。

トゥーは一度マットと婚約するが、やめにしてMを追う。Mはトゥーを相手にしない。少年趣味もあるMは少年のジョーを拾い、次にイオリを拾う。Mは二刀流だというところ、原作を元にして大いに遊んでいるわけだ。ジョーやイオリをピクルスが更生させてくれるところは原作のままという自由さだ。Mはコジローと会って真剣勝負をすることになるのだが、そこはまさしく『宮本武蔵』である。

つまりは、『宮本武蔵』を手際よくダイジェストしているのであり、あの物語はこう読めるなあという納得のいくところが醍醐味である。本筋を見抜いて、そこを誇張した上でのパスティーシュというわけだ。本当はこういう話なんだとわからせてくれるところが鋭いのである。

『夢一夜』は「こんな夢を見た」という一文で始まる。夏目漱石の『夢十夜』のパスティーシュであることが明白である。そして、夢のムードがとてもよく書けていて、漱石が『夢十一夜』というものを書いていて、その中に入っていてもおかしくはない、というできばえである。

自分は自動車に女を一人乗せている。女が、「蕎麦屋へ行きましょう」と言う。電子地図(カーナビ)で行くが、道がだんだん狭くなってくる。「ココヲ、マガリマス」と言うが、曲がると車がガリガリとこするくらいだ。着いたが蕎麦屋はない。女と車を降りて歩く。二人とも裸足だ。はきもの屋に入るが、適当なものがない。十一文半の足なのに十六文の靴を買う。歩いていくと爺さんが出てきて、おぶってやると言う。おぶわれて、踊るように進む。女に追いつく。女は雪の上に横たわって、千年も万年も死なないのです、と言う。自分は死ぬのである。

そんなふうに、夢の感じがよく出ている。エンドレスな話の不気味さが読みどころなのである。

そういう幻想的な話を読んでいくと、出てくるのが『カレー失踪事件』である。これはなんと、シャーロック・ホームズ物のパスティーシュだということで、かなり意外である。

三日前から妻は九州の海辺の町へ来ていて、家で夫はカレーを作っている。ところが、日曜日の午後五時に妻が帰宅すると夫がいない。カレーもない。

実は妻は出張していたのではなく、恋人と会っていたのだ。それがバレたのかもしれない、と妻は思う。それで夫はおこって、カレーを流しにぶちまけて、家を出ていったのかもしれない。

そんな推理をしているところに、夫の古い友人の穂水松緑が来る。ほみずしょうろくはシャーロック・ホームズのもじりである。穂水は今朝、カレーを喰いに来いと夫に誘われたのだそうだ。

穂水の推理が始まる。家電を調べてみるとそこに一筋カレーがこびりついていた。穂水の推理はこうである。カレーを煮ていたら新しい鍋が届いたので、それに入れかえて、バスタブ脇のタイルの上に置いた。そして、慶論堂書店から電話がかかってきたので、松下冬芋の新作長編を買いに本屋へ行き、喫茶店で読みだした。妻が帰る十七時を七時と間違えているのだ。そして腹が減ってきたので蝶英舎に行ってコレヒドールカレーを食べている。

その上穂水は妻の浮気も見破る。

夫が本を読み終えて帰ってきて、さあ、カレーを温めようよ、と言う。これで事件は解決したのだ。名探偵のよどみない推理を聞かされる味わいがあって、そこがホームズのパスティーシュなのである。

かと思うと、その次の『ムービースター』が実に人を喰った話で楽しい。『キングコング』の主人公をやったのが、本当に南の島のコングだったという話である。女に一目惚れしてニューヨークへ来て、エンパイア・ステート・ビルでデートをして、彼女に振られてそこから突き落とされた気がした、という、まんまの話なのが笑えるのだ。

全作品を見ていくことはできないのだが、次は『親指ひめ』に注目してみよう。これは実に波瀾万丈の結婚をしそうな少女の話なのだが、実は言いたいのは、世の女性たちがいかにうるさく、結婚しろ、子供を産め、とせめたてられているかという告発である。女性であるだけで、こんなにもひどい無責任な言葉をかけられているのかという問題提起で、その怒りの大きさに圧倒されそうになる。こがねむしに求婚されたり、野ねずみのおばあさんに助けられたり、モグラの紳士とお見合いをしたり、つばめの背中に乗せてもらったり、とにかく話はめまぐるしいが、心ない言葉で責めたてられる女性たちの苦しみを物語にしているのであり、そこに読みでがある。

そして、『富嶽百景』は実に素直な太宰治の『津軽』と『富嶽百景』の読書ノートのような作品である。

『津軽』で語られる女中の越野たけさんに、私(作者)は会いに行ったことがある、というのも意外な話だが、そこが実にリアルに語られている。

「太宰はどんな子供でしたか？」

「子供は、みんな、おんなずだ」

というやりとりの真実味にははっとさせられた。そういうものなんだよな、という気が強くする。

そして次に、富士山について考察する。はたして富士山は特別な山なのかどうか。作者の義兄はフランス人で、「ｆｕ.ｊｉ」にひたすらあこがれているが、富士山をどうしても見ることができない、というなりゆきがとても面白い。

富士山はやっぱり特別な山なのだろうか。

そんなことを感じさせてくれる点において、この小説はものの見事に太宰治の『富嶽百景』をパスティーシュしているのである。そのやり方があまりにさりげないので、パスティーシュだと気がつかないくらいのものなのだ。

そしてこの作品集の、最後にあるのが『ゴドーを待たっしゃれ』である。サミュエル・ベケットの傑作戯曲『ゴドーを待ちながら』を、坪内逍遥が翻訳したという趣向の、真正面からぶつかったパスティーシュである。

実は私も似たようなことをしたことがあって、シェイクスピアの『ハムレット』を、近松門左衛門が訳したという作品があるのだが、それはとても楽しいトライだった。

それと同じように、中島さんも大いに楽しんで『ゴドーを待ちながら』を坪内逍遥訳にしている。そして、そこまでふざけたことをしても、ベケットの名作がビクともせずに成立していることに驚いている。そうなのだ。そういうものなのである。

ここに集められた、一癖も二癖もある、パスティスという酒にも似たパスティーシュたちは、文学の根っこにある価値にぶつかっていっているのである。その意味で、こういうトライには文学的な大きな意味があるのだ。

一癖ある酒に、ほんのりと酔い痴れることはまたとない楽しみとなるであろう。

（しみず・よしのり　作家）

本書は二〇一四年十一月、筑摩書房より刊行されました。

冠・婚・葬・祭　中島京子

人生の節目に、起こったこと、出会ったひと、考えたこと。冠婚葬祭を切り口に、鮮やかな人生模様が描かれる。第143回直木賞作家の代表作。（瀧井朝世）

沈黙博物館　小川洋子

「形見じゃ」老婆は言った。死の完結を阻止するために形見が盗まれる。死者が残した断片をめぐるやさしくスリリングな物語。（堀江敏幸）

君は永遠にそいつらより若い　津村記久子

22歳処女。いや「女の童貞」と呼んでほしい――。日常の底に潜むうっすらとした悪意を独特の筆致で描く。第21回太宰治賞受賞作。（松浦理英子）

アレグリアとは仕事はできない　津村記久子

彼女はどうしようもない性悪だった。すぐ休み単純労働をバカにし男性社員に媚を売る。大型コピー機とミノベとの仁義なき戦い！（千野帽子）

まともな家の子供はいない　津村記久子

セキコには居場所がなかった。うちには父親がいる。うざい母親、テキトーな妹。まともな家なんてどこにもない！　中3女子、怒りの物語。（岩宮恵子）

通天閣　西加奈子

このしょーもない世の中に、救いようのない人生に、ちょっぴり暖かい灯を点す驚きと感動の物語。第24回織田作之助賞大賞受賞作。（津村記久子）

星間商事株式会社社史編纂室　三浦しをん

二九歳「腐女子」川田幸代、社史編纂室所属。恋の行方も友情の行方も五里霧中。仲間と共に「同人誌」を武器に社の秘められた過去に挑む⁉（金田淳子）

とりつくしま　東直子

死んだ人に「とりつくしま係」が言う。モノになってこの世に戻れますよ。妻は夫のカップに弟子は先生の扇子になった。連作短篇集。（大竹昭子）

キオスクのキリオ　東直子

「人生のコツは深刻になりすぎへんこと」。キオスクで働くおっちゃんキリオに、なぜか問題をかかえた人々が訪れてくる。連作短篇。イラスト・森下裕美

回転ドアは、順番に　穂村弘　東直子

ある春の日に出会い、そして別れるまで。気鋭の歌人ふたりが、見つめ合い呼吸をはかりつつ投げ合う、スリリングな恋愛問答歌。（金原瑞人）

ちくま文庫

パスティス　大人のアリスと三月兎のお茶会

二〇一九年四月十日　第一刷発行

著者　中島京子（なかじま・きょうこ）
発行者　喜入冬子
発行所　株式会社 筑摩書房
東京都台東区蔵前二―五―三　〒一一一―八七五五
電話番号　〇三―五六八七―二六〇一（代表）
装幀者　安野光雅
印刷所　三松堂印刷株式会社
製本所　三松堂印刷株式会社

ISBN978-4-480-43586-6　C0193